**CARPE VINUM**

AF178278

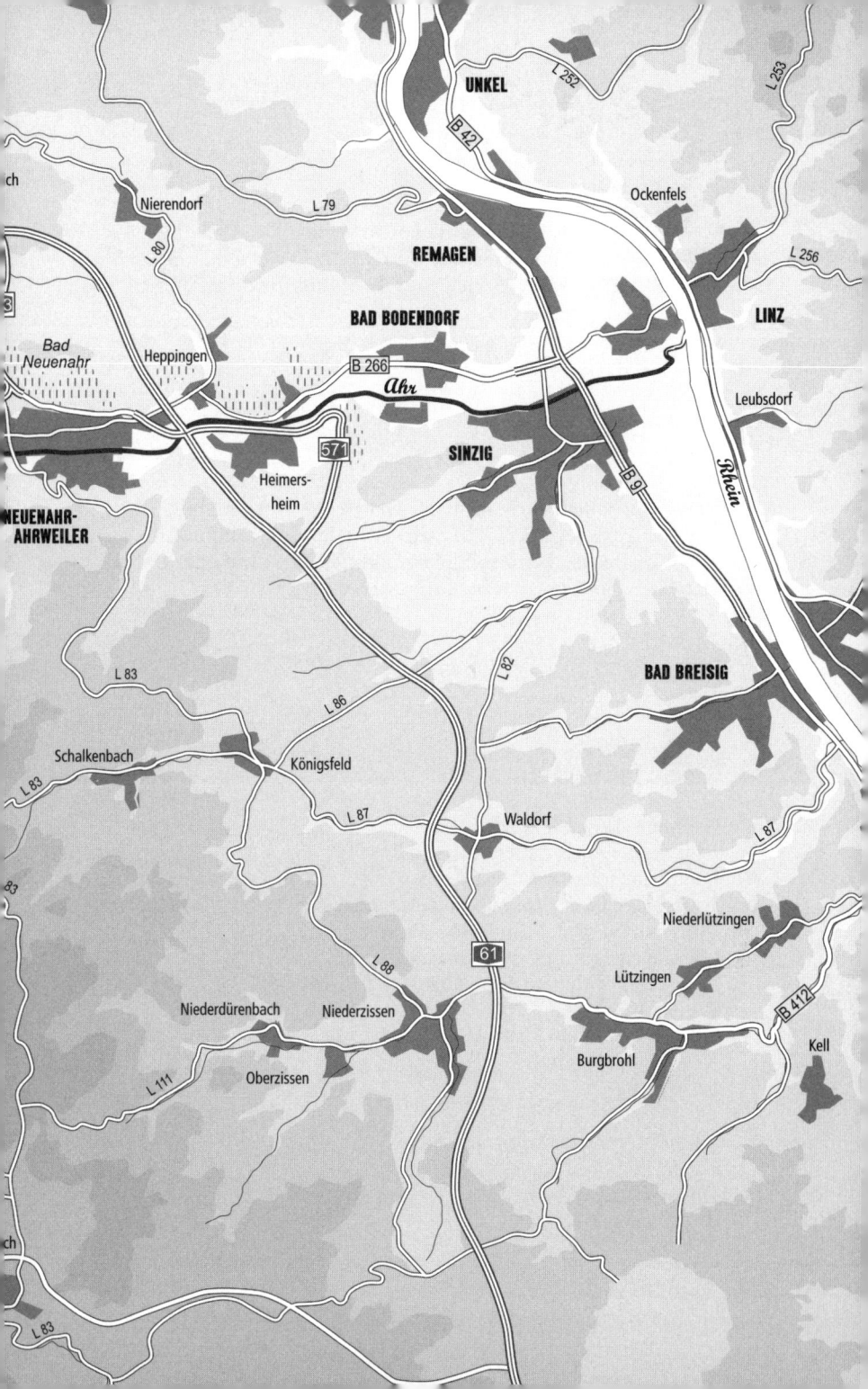

Lust auf mehr? Laden Sie sich die »LChoice«-App runter, scannen Sie den QR-Code und bestellen Sie weitere Bücher direkt in Ihrer Buchhandlung.

Bibliografische Information der Deutschen Nationalbibliothek
Die Deutsche Nationalbibliothek verzeichnet diese Publikation in der Deutschen Nationalbibliografie; detaillierte bibliografische Daten sind im Internet über http://dnb.d-nb.de abrufbar.

© Emons Verlag GmbH
Alle Rechte vorbehalten
Die Erstausgabe erschien 2011
Umschlagmotiv: iStockphoto.com/itchySan;
shutterstock.com/Magdalena Kucova
Umschlaggestaltung: Nina Schäfer
Druck und Bindung: CPI – Clausen & Bosse, Leck
Printed in Germany 2019
ISBN 978-3-7408-0707-8
Krimi & Kochbuch
Neuausgabe

Unser Newsletter informiert Sie
regelmäßig über Neues von emons:
Kostenlos bestellen unter
www.emons-verlag.de

Carsten Sebastian Henn

CARPE VINUM

Krimi & Kochbuch

Mit einem Julius-Eichendorff-Krimi
und Rezepten aus den Romanen der Reihe

emons:

Für meine Frau, deren Kuchen wie Küsse sind

INHALT

Liebe Leserin, lieber Leser,

ich hatte wirklich nicht vor, dieses Buch zu schreiben. Ganz ehrlich. Vor zwei Jahren wäre mir nichts unwahrscheinlicher vorgekommen.

Aber ich hatte nicht mit den Mails gerechnet.

Und den Fragen nach Lesungen.

Es war wie ein stetiges Déjà-vu: »Wann geht es mit Julius Eichendorff weiter?«

Meine Antwort war immer die gleiche: Die Serie liegt auf Eis, vielleicht schreibe ich irgendwann mal weiter, in vier, fünf Jahren, wer weiß. Gemäß Kaiser Franz: Schau'n mer mal. Aber es stimmt, dass steter Tropfen den Stein höhlt. Ich merkte, wie sehr die Leserinnen und Leser an Julius hingen, wie gerne sie wissen wollten, wie es mit dem Burschen weiterging.

Und ich wollte es partout nicht erzählen.

Dann kam Hejo Emons auf die Idee, ein Julius-Eichendorff-Kochbuch herauszubringen. Ein guter Einfall, wie ich fand (wie eigentlich alle Ideen von Hejo gut sind – ich hoffe, er liest das hier zufällig). Schließlich werden in den fünf Romanen der Serie viele Gerichte genannt, zu denen keine Rezepte vorliegen. Denn pro Band gab ich ja nur ein oder zwei im Anhang preis.

Ein Kochbuch allein war mir aber zu wenig, ich wollte Julius' treuen Lesern mehr bieten.

Zuerst dachte ich daran, drei oder vier Julius-Kurzkrimis zu schreiben und diese über das Buch zu verteilen. Schließlich hatte ich schon einmal einen solchen verfasst: »Die Blutente des Julius E.«, erschienen in »Henkerstropfen«, meiner ersten Sammlung kulinarischer Kurzkrimis. Es war damals eine schwere Geburt, Julius sträubte sich dagegen, in ein anderes Format gepresst zu werden. Eine Julius-Geschichte hat halt ein bestimmtes Tempo, in dem sie sich entfaltet, die Nebenschauplätze (Kochen, seine Familie, Anna) sind genauso wichtig wie der Fall. Kurzkrimis haben eine andere Dynamik. Deswegen wurde »Die Blutente des Julius E.« auch ein ausgesprochen langer Kurzkrimi. Julius wollte irgendwie, dass ich ihn weiterschreibe, und er hat einen verdammt starken Willen ...

Und irgendwann, es war ein Abend mit einer schönen Flasche Ahrwein, kam mir dann die Idee: Warum nicht einen Kurzroman statt vier Kurzkrimis? Damit würde sich Julius doch viel wohler fühlen – und seine Leser sicher auch.

Und sein Autor sowieso.

Es sollte nicht irgendein Fall sein, sondern einer, der mit den Kochrezepten zu tun hat. Ich mag es, wenn Sachen rund sind. Und es sollte ein Mordfall sein, wie es ihn noch nie gegeben hat. So kam es zu »Carpe Vinum« – und damit zu einem Wiedersehen mit Julius. Es war wie das Treffen mit einem alten Freund für mich, denn Julius hat über die Jahre eine besondere Form der Lebendigkeit gewonnen. Er ist eine Figur, die sich selbst schreibt. Ich muss nicht überlegen *Was würde Julius jetzt sagen*, er sagt es einfach. Vielleicht weil in Julius ein Gutteil von mir steckt.

Äußerlich, was seinen Heimatort und seinen Beruf betrifft, stand Hans-Stefan Steinheuer vom Restaurant »Zur Alten Post« Pate, aber innerlich habe ich mich selbst in seinen Kopf geschrieben, und irgendwann wurde er ein Alter Ego. Er ist so, wie ich gerne sein würde – nur beim Hüftumfang könnten wir beide ruhig ein bisschen kürzertreten. Ich habe auch beim Schreiben dieses kulinarischen Krimis wieder ein paar Pfunde zugelegt und direkt danach eine Fastenkur gestartet.

Aber was tut man nicht alles für einen guten, alten Freund?

Genauso wichtig wie der neue Fall für Julius waren die Rezepte. Und da wollte ich nur das Beste – was bedeutete, dass ich sie besser nicht selbst verfasste. Ich koche gern und viel, und ein paar Rezepte gehen auf mein Konto, aber in diesem Buch sind rund vierzig versammelt, und ich wollte Profis für diesen Job. Und zwar nicht irgendwelche, sondern die herausragendsten, die das Ahrtal zu bieten hat. Sowie das Team vom »Schnabuleum«. Das liegt zwar in Monschau, kommt aber in einem Julius-Eichendorff-Krimi vor und gilt somit als eingemeindet. Und das Patissier-Genie Matthias Ludwigs vom »Törtchen, Törtchen« ist auch mit von der

Partie, denn ohne Notfall-Pralinen-Rezepte durfte dieses Buch einfach nicht sein.

Zu meiner großen Freude sagten alle, wirklich alle Köche, die ich fragte, auf Anhieb Ja und wählten Gerichte aus den Julius-Eichendorff-Krimis, die ein Rezept verdient hatten. Außerdem spendierten sie noch die passenden Weintipps – sämtlich von Ahrtaler Gütern. Ihnen allen gilt mein besonderer Dank und meine Hochachtung. Für dieses Buch sind sie in die Rolle von Julius Eichendorff geschlüpft und haben seine Kreationen Wirklichkeit werden lassen. Leckere Wirklichkeit. Und das ist meiner Meinung nach immer noch die beste von allen.

In diesem Sinne viel Spaß beim Wiedersehen mit Julius und viel Erfolg beim Nachkochen!

Carsten Sebastian Henn

Carsten Sebastian Henn

CARPE VINUM

Kulinarischer
Kriminalroman

Der sechste Fall für Julius Eichendorff

emons:

Iss, was gar ist!
Trink, was klar ist!
Red, was wahr ist!
Martin Luther

EINS

»Ich habe ein einfaches Rezept,
um fit zu bleiben – ich laufe jeden Tag Amok.«
Hildegard Knef

Es war ein herrlicher Dezembermorgen, ein Tag zum Bäumeausreißen, Heldenzeugen und Autoschlösserenteisen. Der blasse Mond gab alles, und die wenigen Wintervögel zwitscherten, als gelte es, sich auf der Stelle zu paaren. Julius Eichendorff liebte die frühen Stunden, denn sie gehörten ihm allein. Die Luft hatte sich über Nacht geklärt, Bäume und Sträucher sammelten ihre Kraft im Wurzelwerk, und seine beiden Kater Felix und Herr Bimmel schlummerten, müde von der nächtlichen Jagd, vor dem heimischen Kamin.

Zu dieser Uhrzeit weilte niemand in seinem Restaurant »Zur alten Eiche«. Er würde deshalb in aller Ruhe die Küche auf Hochglanz polieren und danach in den Vorräten schwelgen können auf der Suche nach Inspiration für neue Gerichte. Es gab noch einiges für die beliebten »Uferlichter« vorzubereiten, während derer die Kurgartenbrücke und die dazugehörige Straße wieder mit Lichtern und Ständen gespickt sein würden. Vielleicht würde er in seinem Stand dieses Mal einen Punsch anbieten? Und etwas mit frischer Pasta?

Herrlich, so sollte jeder Tag beginnen!

Es war nicht weit von seinem Haus zum Restaurant, denn Julius' Heimatort Heppingen im Ahrtal war kaum mehr als ein aufgeplustertes Dorf. Es bestand eigentlich nur aus einer ausgewachsenen Straße. Julius schätzte diese Übersichtlichkeit sehr. Wer sich in Heppingen verlief, musste den Orientierungssinn eines kleinen grauen Steins am Waldrand haben.

Mit einem Lied auf den Lippen flanierte er am Haupteingang der »Alten Eiche« vorbei, denn er wollte die Küchentür nehmen, so gehörte es sich schließlich für einen Koch.

Als er um die Ecke kam, sah er den Hinterhof des Restaurants. Julius wusste später nicht, warum ihm zuerst der halb geleerte Brotkasten auffiel. Es gab wirklich Wichtigeres zu sehen. Dennoch dachte er: Wo sind die alten Brötchen hin? Sie standen schon drei Tage draußen, Bäcker Hubert Lorenz wollte sie netterweise abholen und zu einem Grafschafter Bauernhof bringen, zum Füttern des Geflügels. Nun waren sie weg.

Dafür war Hubert Lorenz da.

Bekannt war dieser unter seinem … nun ja, Kosenamen: Voodoo-Bert. Den Namen hatte er erhalten, als er seinen Betrieb vor zwei Jahren auf biologisch-dynamische Produktion umgestellt hatte. Seine Midlife-Crisis hatte sich nämlich nicht in einem neuen Sportwagen oder einer Yacht am Mittelmeer gezeigt. Nein, er wollte plötzlich die Natur nicht länger schädigen, sondern im Einklang mit ihr und den kosmischen Kräften leben. Viele hielten es für Spinnerei, doch nach einiger Zeit war er zum gern gesehenen Gast in den Medien geworden. Die biologisch-dynamische Herstellung hatte Hubert jedem, der es hören oder auch nicht hören wollte, erklärt, basiere auf der Anthroposophie Rudolf Steiners, welche ein gesundes Zusammenspiel von Menschen, Tieren, Pflanzen, aber auch Erde und Kosmos zum Ziel habe. Die Beachtung der Mondphasen und anderer kosmischer Rhythmen wie auch die Verwendung unbelasteter Lebensmittel seien dabei nur zwei von vielen Faktoren. Der ganze Betrieb werde als Organismus, ja als Individuum mit eigener Persönlichkeit gesehen, das in Balance sein muss.

Hubert hatte fest daran geglaubt und sich der Sache voll verschrieben. Er war offen für Neues gewesen und hatte alles ausprobiert. Wie diese kleinen, an den Enden spitz zulaufenden Brötchen. Unwahrscheinlich lecker waren die. Sie sahen aus wie kleine Schlangen, die gerade einen Tennisball verputzt hatten. Nach drei Tagen waren die spitzen Enden allerdings härter als Beton. Und der Frost hatte ihnen den letzten Schliff verliehen.

Das musste auch derjenige gewusst haben, dem Hubert vor dem Hintereingang der »Alten Eiche« begegnet war. Sonst würden jetzt nicht drei davon in seiner Brust stecken. Er lag auf einer Blutlache. Mund und Augen waren geöffnet. Hubert schaute leicht überrascht. Julius dachte: Bäcker mit Teigfüllung an Blutspiegel – und hasste sich dafür.

Die Hoftür der »Alten Eiche« war aufgebrochen. Julius zählte automatisch eins und eins zusammen, multiplizierte es mal drei und zog die Quadratwurzel: Wer immer bei ihm eingebrochen war, hatte beim Herauskommen Hubert getroffen und begriffen, dass dieser ein Problem darstellte. Ein Problem, das es loszuwerden galt. Auf endgültige Art und Weise. Also griff der Einbrecher sich das Nächstbeste, was als Waffe Verwendung finden konnte. Die Beton-Brötchen.

Den Kratzspuren zufolge, die sich in Huberts Gesicht, vor allem um den Mund, befanden, hatte der Täter ihm den Mund zugehalten, mit der anderen Hand sein Hemd aufgerissen und auf ihn eingestochen. Anscheinend war das erste Brötchen an Huberts Brust gescheitert, ebenso das zweite und dritte. Deshalb fanden sich rund um die Leiche unzählige Brötchen mit abgebrochenen Enden. Aber irgendwann war dann eines spitz genug gewesen und in die Brust gedrungen. Wohl um auf Nummer sicher zu gehen, hatte der Mörder noch zwei weitere Brötchen hineingetrieben.

Hubert war so stolz gewesen, wie dünn er den Teig für diese Brötchen an den Enden ausrollen konnte.

Hätte er lieber mal Rundstücke gemacht.

Julius schloss Hubert die Augen und sprach ein Vaterunser – wobei er an der Stelle mit dem täglichen Brot leicht ins Stocken geriet. Er musste umgehend die Kripo benachrichtigen. Wie gut, dass die bei ihm im Bett schlief. Sie hieß Anna, war Hauptkommissarin und seine Frau. Heute war ihr freier Tag. Leider hatte der Mörder darauf keine Rücksicht genommen.

Julius wählte seine Nummer, und nach vielen Klinglern meldete sich eine weibliche Stimme. Sie klang so zerknautscht, wie Anna um diese Uhrzeit immer aussah.

»Wer stöhnt denn da?«, fragte sie.

»Ich stöhne überhaupt nicht. Ich atme schwer!«

»*Julius?* Bist du das? Geht's dir gut?«

»Ich atme nur tief ein und aus, das ist alles. Das wird ja wohl noch erlaubt sein.«

»Falls du so anzüglich atmest, wenn Gäste bei dir anrufen, wird bald keiner mehr kommen. Oder zumindest nur Leute, die nicht essen wollen … Warum rufst du überhaupt schon an? Warum liegst du nicht kuschelig im Bett und wärmst deine Liebste?«

Oha, Fettnäpfchen in Sicht. »Ich, äh …«

»Wo steckst du denn eigentlich?«

Das war eine erfreulich einfach zu beantwortende Frage. »Vor der ›Alten Eiche‹, Hintereingang.«

»Und was machst du da?«

Auf diese Frage war die Antwort dagegen nicht ganz so einfach. Was sollte er sagen? »Ich stehe neben einem Mann, der mit Brötchen erstochen wurde«? Das würde viele, viele Erklärungen notwendig machen.

»Tja, also, ich weiß nicht so recht, wie ich es dir sagen soll.«

»Frei heraus und vor allem schnell. Ich habe noch keinen Kaffee getrunken und bin …«

»… unerträglich?«

»*Herausfordernd!*«

»Vielleicht sollte meine herausfordernde Frau lieber erst ihren Kaffee trinken.«

»Sag endlich, was los ist, sonst werde ich richtig wütend.«

»Ich hab was gefunden.«

»Jetzt mach es nicht so spannend. So was treibt mich in den Wahnsinn, und das weißt du ganz genau! Was hast du denn gefunden? Ein paar tolle neue Schuhe für deine wunderbare Gattin? Das Bernsteinzimmer? Atlantis? Eine Leiche?«

Julius schwieg.

»Och nee. Jetzt sag nicht, dass du schon wieder eine Leiche gefunden hast!«

»Ich kann doch nix dafür! Die lag einfach da. Außerdem ist es nicht irgendeine Leiche, sondern Hubert. Mein Bäcker. – Hörst du? Anna?«

Aber Anna hatte schon aufgelegt.

Julius rührte sich nicht vom Fleck. Jede Bewegung konnte gegen ihn ausgelegt werden, das war eine von Annas Spezialitäten.

Manchmal beschwerte sie sich schon, wenn er ihren Füßen im Bett zu nahe kam. Er sei einfach zu heiß. Erstaunlich, dass man das als Mann vorgeworfen bekommen konnte …

Jetzt stürmte Anna um die Ecke, ihre langen Haare notdürftig mit einem Tuch gebändigt. Sie stoppte vor dem toten Hubert.

»Das ist jetzt nicht wahr, oder? Wo kommt der denn her?«

»Also ich hab ihn nicht da hingelegt.«

»Das wär auch noch schöner. Ich bringe ungern meinen Ehemann hinter Gitter.«

»Macht sich schlecht vor den Kollegen.«

Sie kniete sich vor Hubert. »Ist er wirklich mit diesen Brötchen …? Unfassbar. Die Spurensicherung ist auf jeden Fall schon informiert. Du hast doch nichts angefasst, oder?«

»Ich hab ihm nur die Augen geschlossen.«

»Gut. Du lernst ja doch dazu.«

»Sogar Männer können das. Darf ich jetzt in meine Küche? Ich würde sehr gern wissen, ob noch alles steht.«

Anna stand auf und gab ihm einen Kuss.

»Wofür ist der jetzt gewesen?«, fragte Julius.

»Weil du gefragt hast und nicht gleich reingestürmt bist.« Sie gab ihm noch einen, diesmal länger und zärtlicher.

»Und der?«

»Das ist der Guten-Morgen-Kuss.«

»Ich hätte lieber eine Tasse Kaffee am Bett bekommen.«

Sie kniff ihn in den Oberarm – und Julius tat so, als spüre er nichts.

Vorsichtig drückte Anna die geborstene Tür auf und betrat, gefolgt von Julius, die Küche. Die sah picobello aus, nichts schien beschädigt, kein Schrank war geöffnet.

»Wie frisch geputzt. Noch nicht mal Spuren auf den Fliesen. Auch keine von den Schuhen des Einbrechers.«

»Es war ja auch die ganze Woche trocken. Verfluchtes Wetter.«

»Schau im Restaurant nach, ob etwas gestohlen wurde, Silberbesteck zum Beispiel oder Porzellan.«

Julius verharrte. Was, wenn der Einbrecher sich irgendwo versteckte? Was, wenn Hubert nicht die einzige Leiche war? Er wollte Gewissheit, beruhigende Gewissheit, dass alles noch an seinem Platz war, doch er fürchtete eine weitere böse Überraschung. Anna musste das bemerkt haben, denn sie strich ihm sanft über den Rücken und ging als Erste durch die Schwingtür in den Speisesaal.

»Kannst reinkommen.«

Julius folgte ihr – und plötzlich tauchten seine beiden Katzen auf. Mit emporgereckten Schwanzspitzen tapsten Herr Bimmel und Felix herein.

»Sucht!«, sagte Julius, doch die beiden schnupperten nur. Sie schienen zu spüren, dass etwas nicht stimmte.

»Gespenstisch still«, sagte Anna. »Lass es uns so machen: Ich prüfe hier alles, und du gehst in Ruhe Küchenschränke und Vorratskammern durch. Wenn möglich …«

»… nicht zu viel anfassen.«

Wie auf Eiern ging Julius durch sein Reich. Akribisch untersuchte er alles. Schließlich betrat er den Kühlraum und passte auf, dass ihm die Katzen nicht folgten. Sie liebten es, sich zu verstecken – doch es gab keine Kundschaft für Gefrierkatze à la Eichendorff.

»Und? Fehlt was?«, rief Anna.

»Alle Töpfe sind da, die Messer auch, genauso die teuren Küchengeräte wie mein Pacojet.«

»Dein Paco… was?«

»Nicht wichtig.« Julius schloss die schwere Klimatür des Kühlraums wieder. »Auch Kaviar und Trüffel sind da. Alles ordentlich am Platz.«

»Aber hier ist alles durchwühlt«, rief Anna. »Zumindest sieht es so gar nicht nach deiner Büroordnung aus.«

Julius lief zu ihr. In seinem Büro sah es aus, als hätte ein tropischer Wirbelsturm vorbeigeschaut. Man konnte keinen Schritt tun, ohne auf Ordner, Unterlagen oder Stifte zu treten.

Was Herrn Bimmel nicht daran hinderte, genau dies zu tun. Die Veränderung galt es zu überprüfen. Zum Beispiel auf Kratzfestigkeit. Jetzt hätte den Kater nur sein geliebter Wacholder ablenken können – doch nie hatte man welchen zur Hand, wenn man ihn brauchte.

Nachdem sie einen Weg freigeräumt hatten, untersuchte Julius den Inhalt aller Schränke – und trat danach zögernd zum Tresor, der hinter einem gerahmten Foto seiner Eltern angebracht war. Das Bild war ein Geschenk seiner Mutter. Sie hatte praktischerweise auch gleich den Platz ausgewählt, wo Julius es aufhängen sollte. Nämlich so, dass er es jeden Tag sah.

Er brauchte nicht lange, um die Zahlenkombination einzustellen. Und ebenfalls nicht lange, um den Inhalt in Augenschein zu nehmen.

»Was ist da eigentlich drin?«, fragte Anna und lugte über seine Schulter. »Du hast mir nie erzählt, dass du hier Wertsachen aufbewahrst. Dabei weißt du doch: keine Geheimnisse in der Ehe.«

Ein Julius im Normalmodus hätte jetzt etwas Pfiffiges erwidert. Aber er war nicht im Normalmodus. Er war immer noch schockiert von Einbruch und Mord. Deshalb reichte er Anna nur den Inhalt, der von einer durchsichtigen Plastikhülle geschützt wurde. Es waren getrocknete Halme. Von der ersten Pflanze, die Anna ihm je geschenkt hatte: Chinesische Petersilie. Dazu Fotos von ihr und ein Rezept, das er nur für sie kreiert hatte und für niemanden sonst kochte.

»Du bist ja ein echter Romantiker.«

»Ich möchte nicht darüber reden. Und zu keinem ein Wort.«

Annas Lippen näherten sich seinen, doch bevor es zu weiteren Zärtlichkeiten kommen konnte, hörten sie ein Räuspern hinter sich. Die Kollegen von der Spurensicherung.

»Küssen Sie ruhig noch zu Ende. Wir haben Zeit. Sie müssen den Kopf schräger halten, Frau Kollegin.«

Anna verdrehte die Augen. »An die Arbeit!«

Nachdem alles durchsucht war, stand das Ergebnis fest.

Hubert war mausetot, die »Alte Eiche« aufgebrochen.

Doch nichts war gestohlen worden.

Julius wusste, dass es nicht seine Aufgabe war, Huberts Frau vom Tod ihres Mannes zu unterrichten, doch er wollte nicht, dass es Polizisten taten. Hubert war vor seinem Restaurant zu Tode gekommen, daher sah er die Geste als seine Verpflichtung an.

Aus taktischen Gründen hatte er es allerdings für klüger gehalten, Anna nichts davon zu erzählen. Dafür würde es heute Abend Ärger geben, den er plante, mit dem von ihr so geliebten Aprikosensorbet zu mildern. Er würde sich gleich nach seiner Rückkehr daranmachen müssen.

Hubert hatte in einem Bungalow gewohnt, dessen Fassadenfarbe er sich extra hatte mischen lassen: Roggenmischbrot-Braun. Schon beim Anblick bekam man Appetit. Vom Vorgarten aus konnte Julius die Weinberge sehen, sie waren dunkel wie abgeerntete Äcker. Julius mochte den kargen Anblick sehr. Er liebte sein Tal eigentlich zu jeder Jahreszeit. Nur nicht, wenn sich im Sommer die Hitze wie in einer riesigen Badewanne sammelte.

Wobei das immer ein guter Anlass war, in den kühlen Weinkeller zu entschwinden.

Also halb so schlimm.

Er brauchte nach dem Klingeln nicht lange zu warten, bis die Tür geöffnet wurde.

»Julius, das ist aber eine nette Überraschung.« Was war mit Katharinas Aussprache? Sie zog die Konsonanten so merkwürdig. »Komm rein! Warum machst du denn ein Gesicht wie drei Tage Regenwetter? Möchtest du einen Kaffee?«

Katharina Lorenz war ungeschminkt, ihre Haare standen wüst in alle Himmelsrichtungen, und ihr Morgenmantel hing schief auf ihren Schultern. Sonst war sie immer wie aus dem Ei gepellt. Die Alkoholfahne – Julius erschnupperte Weinbergpfirsichlikör und Trester – erklärte ihren Zustand einigermaßen.

Sie verschwand, ohne eine Antwort von Julius abzuwarten, in der Küche. Dieser trat in den Flur und betrachtete die Strukturtapete. Beige marmoriert. Mit Krümeln. Wie im Inneren eines Brotes. Hubert hatte auf dem Recher Weinfest von der Sonderanfertigung erzählt, doch Julius hatte es für einen Scherz gehalten. Jetzt war ihm allerdings gar nicht zum Lachen. Er registrierte, dass zwei Bahnen Tapeten in Streifen heruntergerissen worden waren.

»Setz dich schon mal ins Wohnzimmer, Kaffee ist gleich durchgelaufen. Wenn du wegen Hubert hier bist, der ist nicht zu Hause. Da müsstest du im Geschäft anrufen.«

Erst als sie beide saßen, fing Julius an zu reden. Ohne Umschweife, direkt raus damit, so hätte er es selbst gewollt.

»Ich muss dir leider sagen, dass Hubert tot ist. Ich hab ihn heute Morgen vor meinem Restaurant gefunden.«

Katharina lachte schrill auf. »Na, das sieht ihm ähnlich. Das sieht ihm so verdammt ähnlich.«

»Aber ...« Hatte sie gerade wirklich laut gelacht? Sollte sie nicht anders reagieren? Hatte der Alkohol sie noch voll im Griff?

Katharina legte ihre Hand auf Julius' Rechte. »Lass es mich erklären. Wir hatten gestern einen Streit. Nein, es muss heißen: Wir hatten *den* Streit. Den letzten, den endgültigen. Ich habe ihn vor die Tür gesetzt und ihm gesagt, dass er für mich ein für alle Mal gestorben ist ... Und das habe ich auch genau so gemeint! Ich war es so leid, Julius. Unsere Ehe ist schon lange keine mehr, nur noch eine miserable Wohngemeinschaft. Im Bett läuft seit Jahren nichts. Zuerst haben wir drüber geredet, Sachen ausprobiert ...«

Sie tippte Julius mehrmals ungeschickt auf die Brust. »Brauchen du und deine Frau vielleicht erotische Kartenspiele oder irgendwas Vibrierendes? Handschellen? Alles noch originalverpackt. Nein? Das Angebot steht.« Sie zwinkerte ihm aufmunternd, wenn auch träge, zu. »Jedenfalls hat das alles nicht hingehauen, und irgendwann habe ich mich dann damit abgefunden. Er aber ging woanders seinen Trieben nach. Zuletzt bei der kleinen Schlampe aus unserer Filiale in Altenahr. Da hat es mir dann gereicht. Irgendwo muss man einen Schlussstrich ziehen, Julius, oder? Natürlich hatten wir auch gute Jahre, ganz zu Anfang unserer Ehe ...« Ihr Blick wurde für einen kurzen Moment noch glasiger. »Als Erstes lasse ich heute diese schrecklichen Tapeten runterholen, ich ertrage diese abartige Farbe nicht mehr. Hier wird jetzt alles anders. Ach, ich Schussel! Willst du Zucker? Milch? Auch einen Schuss Rum?«

Nein, wollte Julius nicht, und auch nichts Vibrierendes. Er trank heute lieber Schwarz. Auf den Schreck. Dass Katharina so freizügig aus ihrem Leben erzählen würde, hatte er nicht erwartet. Obwohl viele Menschen sich ihm anvertrauten. Anna meinte, es läge an seinem Blick. Wie eine Kuh beim Wiederkäuen.

»Woran ist der Drecksack denn gestorben?«, fragte Katharina, nachdem sie die Tasse abgesetzt hatte. »Wahrscheinlich sein Herz, oder? Der Arzt hat ihm schon tausendmal gesagt, er soll aufpassen, Ernährung umstellen, regelmäßig Sport treiben, mit dem Rauchen aufhören – aber er hat nichts davon gemacht. In seiner Familie hätte nie einer was am Herzen gehabt, sagte er immer, die wären alle alt geworden. Das hat er jetzt davon. Geschieht ihm recht. Soll sein Flittchen am Grab heulen.«

Julius wurde das Gefühl nicht los, dass Katharina ihren Schock überspielen wollte. Egal wie kaputt die Ehe gewesen war, so etwas konnte keinen Menschen dermaßen kaltlassen. Und er meinte sehen zu können, wie ihre Augen feuchter wurden, wie der Schmerz sich seinen Weg ins Bewusstsein bahnte. Er musste durch den Alkoholnebel zu ihr dringen. Julius packte sie fest an den Schultern und wurde nun laut.

»Hörst du mir überhaupt richtig zu, Katharina? Er ist ermordet worden, erstochen. Er wird nie wiederkommen.«

Diesmal redete sie nicht gleich drauflos. Diesmal starrte sie Julius an.

»Die Polizei wird gleich kommen und dir Fragen stellen. Die nächsten Angehörigen sind immer im Kreis der Verdächtigen, so war das damals auch bei Siggi und Gisela. Verschweig ihnen trotzdem nichts, am Ende kommt doch alles raus. Meine Anna wird die Ermittlungen führen, du kannst ihr vertrauen.«

Katharina senkte den Kopf, die Finger zitterten. Plötzlich saß eine andere Frau vor Julius. Wie weggeflogen war die übersprudelnde, alkoholgeschwängerte Selbstsicherheit; vor ihm saß ein gebrochener Mensch.

»Ich war es nicht, Julius, das musst du mir glauben. Ich hätte ihm nie etwas antun können, trotz allem. Manchmal hab ich mir gewünscht, es wäre anders, weil ich so wütend und verletzt war, ich hab mir vorgestellt, wie ich ihn ... in allen Details. Aber ich hätte es nie getan!«

»Das glaub ich dir. Es tut mir alles sehr leid.«

Katharina stand auf. »Ich möchte jetzt allein sein, Julius.«

Er nahm sie in den Arm, doch Katharina erwiderte die Umarmung nicht.

»Kann ich dich wirklich allein lassen?«

Sie nickte. »Du kennst ja den Weg.«

Die Polizei würde jeden Moment kommen und Katharina sich in der Zwischenzeit sicher nichts antun. Julius konnte gut verstehen, dass sie einen Moment für sich brauchte, in dem sie keine Maske aufsetzen, keine Rolle spielen musste und die Tränen einfach fließen lassen konnte.

Kaum war er aus der Tür, klingelte sein Handy.

Es war seine Mutter.

Julius ging nicht dran.

Dann geschah etwas Ungeheuerliches. Sie schrieb ihm eine SMS. Seine Mutter beherrschte nun also auch modernste Technik, um ihn zu terrorisieren. Verdammter Fortschritt! Die Botschaft war genauso kurz wie prägnant: »Komm zur ›Alten Eiche‹. Ich muss sofort mit dir reden. Deine Mutter«.

Es kam Julius wie ein Einberufungsbefehl vor.

Als er wieder in seinem alten VW Käfer saß, griff er als Erstes nach den Notfallpralinen im Handschuhfach. Nervennahrung. Mit Nugatkern. Und Marzipanhülle. Sowie Pistaziensplittern obendrauf.

Er hatte drei eingepackt.

Zwei Kilo wären nötig gewesen.

Sonst half nichts, wenn seine Mutter im Tal ihr Unwesen trieb.

Sie war am Vortag überraschend eingetroffen, seinen Vater hatte sie vorerst in Südspaniens heißer Sonne gelassen, er war anscheinend noch nicht durchgebraten.

Julius entschied sich, seinen Wagen auf dem Restaurantparkplatz abzustellen und den Vordereingang zu nehmen. Das ging schneller. Er musste es hinter sich bringen.

Das Mittagsgeschäft lief schon in vollen Zügen, sowohl im Gourmetrestaurant »Zur Alten Eiche« wie auch im Bistro »Eichen-Klause«. Wenn Julius nicht in der Küche stand, schmiss sein Souschef den Laden – und den hatte er so gut ausgebildet, dass es kaum einen Unterschied gab. Der Herrscher im Gastraum war jedoch Franz-Xaver, genannt FX, sein österreichischer Maître d'hôtel, serienmäßig ausgestattet mit Zwirbelbart und Wiener Schmäh. Er kam ihm nun von Tisch sieben mit zwei Speisekarten unter dem Arm entgegen.

»Schau an, da isser ja, der Leichenstolperer! Is es dem Herrn genehm, wieder mal vorbeizuschauen und zu prüfen, wie's dem Fußvolk ergeht?«

»Wo ist sie?«

»Die Mutter des Maestro? Führt ein Terrorregime in der Küchen, weil ihr Sohn net da is. Sie geht allen a bisserl auf die Nerven. A bisserl sehr.«

Julius wollte gleich in die Küche eilen, doch einige der Gäste hatten ihn entdeckt. An Tisch drei saß der Ahrweiler Seniorensportverein »Turne bis zur Urne«. Die Stimmung war ausgelassen. Jedoch nicht halb so ausgelassen wie an Tisch zwölf, wo die Nordic-Wine-Walkerinnen um Gabi Gith tafelten. Sie walkten mehrmals im Jahr durch das Ahrtal – wobei an vorher festgelegten Stationen Wein zur Stärkung eingenommen wurde. Zum Schluss waren die Muskeln gestählt. Und die Leber. Julius fragte sich, wann der Tourismusverband diesen Trend wohl aufgriff.

Alle Tische wollten begrüßt werden.

Die zwei Gourmets an Tisch drei besonders ausführlich. Einen der beiden kannte Julius seit Jahren: Lars Fröhlich aus Kerpen-Horrem, ein echter Fan seiner Küche, der ihm gleich Fragen zur Garmethode der Rehschulter stellte (hundert Grad, zweieinhalb Stunden) und sich erkundigte, wie der Wein aus dem neuen Gut des Pikberg-Bruders sei (hervorragend). Dann stellte Fröhlich den neben ihm sitzenden Mann vor. Dr. Winkelberg, ein Anästhesist aus Baden-Baden. Dessen Gesichtsausdruck war so langweilig, dass er vermutlich kein Narkotikum brauchte, um seine

Patienten in den Schlaf zu befördern. Sparte den Krankenkassen sicher enorme Kosten. Zusammen sahen die beiden aus wie Waldorf und Statler aus der Muppet Show. Fehlte nur noch, dass Kermit der Frosch zum Essen kam.

Julius verabschiedete sich höflich und ging in die Küche. Sie kam direkt auf ihn zu. Seine Mutter hielt sich nicht mit Kleinigkeiten wie einer herzlichen Umarmung oder ähnlichen Begrüßungszeremonien auf. Sie fing gleich mit dem an, was sie am besten konnte: Vorwürfe machen.

»Julius, wo hast du gesteckt? Und diese Leiche vor deinem Restaurant – musste das unbedingt jetzt sein? Was lässt du deine Brötchen auch so lange rumliegen? Annemarie feiert in einer Woche ihren runden Geburtstag, da haben wir keine Zeit für so einen Unfug. Ich habe mit ihr ausgemacht, dass du kochst. Sie wollte eigentlich selber, aber das habe ich verhindern können. Annemarie hat so gar kein Gefühl für Salz, Pfeffer oder irgendein Gewürz. Diese Frau kann einfach nicht kochen, und ich sehe es nicht ein, irgendetwas Ungenießbares zu essen. Deshalb kochst du alles, das ist mein Geschenk an Annemarie. Wir haben uns auf Familienklassiker geeinigt. Hol jetzt das Kochbuch, dann legen wir das Menü fest. Komm, schnell, ich hab meine Zeit nicht gestohlen. Muss gleich noch zum Gärtner wegen der Blumenarrangements. Oder glaubst du etwa, das würde ich Annemarie überlassen? Die Frau kann einen gesunden Gaul totquatschen, aber Tulpen nicht von Rosen unterscheiden. Wo ist denn jetzt das Kochbuch? Oder weißt du etwa nicht, wo du es hingelegt hast?«

Natürlich wusste Julius das, denn es war mit Abstand das Wertvollste, was er besaß. Seit fünf Generationen befand es sich in Familienbesitz. Jede Generation hatte ihre besten Rezepte hineingeschrieben, es waren Lebenswerke. Julius nahm das in Schweinsleder gebundene Stück gerne zur Hand, wenn seine Sippe ihn mal wieder nervte – was oft genug vorkam. Beim Durchblättern der Seiten wurde ihm klar, dass er Teil einer Familie war, die immer mehr mit dem Bauch als mit dem Kopf gedacht hatte. Und das stimmte ihn stets versöhnlich. Das Buch war auch eine unerschöpfliche Quelle für Rezeptideen, nicht selten hatte Julius eines der Gerichte auf die Speisekarte genommen. Und seine besten, aber nur seine allerbesten, schrieb er selbst hinein. Er hatte es unter seinesgleichen gestellt. Im Bücherregal seines Büros, zwischen Paul Bocuses Standardwerk »Die neue Küche« und den großen Larousse Gastronomique.

Seine Fingerspitzen fanden es, ohne dass er hinblicken musste.

Doch diesmal griffen sie ins Leere.

Das Kochbuch war weg.

Niemals hätte er es an eine andere Stelle gestellt, und keiner seiner Mitarbeiter hätte es gewagt, eines der Bücher – am allerwenigsten das Familienkochbuch – anzurühren. Sie waren heilig.

Mit einem Mal wusste Julius, was der Einbrecher bei ihm gesucht hatte.

Und dass er es gefunden hatte.

ZWEI

»Ich habe Tausende von Kochrezepten überprüft
und bin der Überzeugung, dass in vielen Fällen
Kochen eine Art fahrlässiger Tötung ist.«
Edward Clamp

In Julius' Panik fiel sein Blick zufällig auf Felix – und verharrte
dort. Der kleine Kater hatte es sich auf dem Drucker bequem
gemacht. Es sah unfassbar gemütlich aus, die Vordertatzen benutzte er als Kissen und seinen Schwanz als Decke.
Julius hätte sich in diesem Moment gern dazugelegt und eingerollt.
Doch es galt, vor seiner Mutter zu fliehen. Julius blickte auf
die riesige Wanduhr, das Geschenk eines alten Eisenbahners.
»Schon Viertel vor? Du meine Güte, ich hab ganz die Zeit vergessen. Ich hab jetzt einen dringenden Termin.«
»Julius Remigius Eichendorff, lüg deine Mutter nicht an!
Meinst du etwa, das merke ich nicht? Wir zwei gehen jetzt zu-
sammen das Menü durch.«
Julius tippte auf seine Armbanduhr. »Es tut mir wirklich ganz
schrecklich leid, aber …« Er gab seiner Mutter einen flüchtigen
Kuss auf die Wange – obwohl er sich damit der Gefahr aussetz-
te, dass sie ihn am Ärmel festhielt. Diese Frau konnte äußerst
krakenhaft werden.
»Julius! Ich werde deinem Vater von deinem Verhalten be-
richten. Und er wird ganz und gar nicht erfreut sein!«
»Grüß ihn schön von mir. Wir sehen uns, Mutter.«
»Julius, du kommst auf der Stelle zurück!«
Er beschloss, so zu tun, als hätte er diesen Satz nicht gehört,
und verschwand, ohne sich noch einmal umzudrehen. Sonst bestand die Gefahr, zur Salzsäule zu erstarren. Schnellen Schrit-
tes ging er zu seinem Wagen und fuhr los – ohne zu wissen, wohin.

Er musste mit jemandem reden, dem er blind vertrauen konnte und der ihm bei der entscheidenden Frage weiterhalf: Wer stiehlt ein Familienkochbuch?

Es gab nur eine Berufsgruppe, die mit Rezepten wirklich etwas anfangen konnte: Köche. Absolutistische Herrscher in ihren Küchen, grausame Männer, die lebende Hummer in kochendes Wasser warfen, Fischen das Rückgrat aufschnitten und Kälberhirne kochten. Einem Koch war alles zuzutrauen!

Einen Koch galt es deshalb zu befragen.

Nach einem kurzen Telefonat wusste Julius, wo er einen ganz besonderen fand.

In der Ahrtaler Trüffelplantage.

Antoine Carême, Koch und Besitzer des »Frais Löhndorf« in Sinzig, stammte aus der Normandie, lebte aber samt Familie schon so lange im Tal, dass er als Sinziger Original betrachtet wurde. In seiner Küche verwendete er mehr Wildkräuter als Salz, doch seine ganz besondere Leidenschaft galt der edelsten Frucht von Mutter Erde: der Trüffel. Antoine hatte einen Trüffel-Verein gegründet, Kontakt zu Trüffel-Koryphäen in Frankreich hergestellt und wollte den Pilz wieder zu der Bedeutung führen, die er vor den Weltkriegen noch hatte, als deutsche Adelige die wertvollen Knollen in ihren Ländereien einsammelten und damit Handel trieben. Vor Kurzem hatte er davon geschwärmt, dass Brumalin, ein Stoff, der auch in der heimischen Wintertrüffel vorkam, in der Krebstherapie eingesetzt werde. Wenn einer herausfinden konnte, dass Trüffel auch gegen Haarausfall und O-Beine gut war, dann er.

Julius musste nicht weit bis zur Plantage fahren, denn sie lag nahe Sinzig. Die Trüffel liebte ein Klima, in dem auch Weintrauben gediehen, regelmäßigen Regen, nicht zu viel Sonne, wenig Frost und kalkhaltige Böden. Mit anderen Worten: Die Trüffel liebte das Ahrtal.

Doch in der Plantage angekommen, konnte Julius den befreundeten Koch nirgends ausmachen. Was daran liegen konnte, dass dieser kaum größer als Papa Schlumpf war. Doch Julius hörte Rouen, den Trüffelhund Antoines, wie er bellend über den Hang raste. Bei all den Trüffeln musste er sich vorkommen wie eine Biene im Blumencenter.

»*Antoine! Wo steckst du?*«

Eine Hand erschien über einem Haselnussstrauch, sie hielt eine üppige Trüffel. Julius stapfte in ihre Richtung und ließ die kühle Winterluft tief in seine Lungen strömen. Sie tat richtig gut.

Antoine kam ihm entgegen, und Julius begrüßte den Normannen mit *la bise*, den drei Wangenküssen französischer Provenienz.

»Ich hätte gar nicht zu fragen brauchen, wo du bist. War ja klar, dass du guckst, wie dein Werk wächst und gedeiht.«

Antoines Schmunzeln zeigte, dass er sich ertappt fühlte.

»Nächste Wochenend ist Patentag, da kommen vielen Leut, und ich wollt schauen, ob alles schön ist. Eigentlich bin ich in diese Tage mit ein andere Projekt beschäftigt: ein Baguette-Schule, wo die deutsche Bäcker lernen, wie eine ordentlichen Baguette gemacht wird. Nicht diese knallharte Besenstöcke, die in ein Castor-Transporter gehören und ab in die Endlager. Nein, herrlich französischen Baguette! Das will ich schaffen. Du schaust so schrecklich ernst, Julius? Magst du etwa kein französisch Baguette?«

Julius erklärte ihm, was passiert war.

»Ein Mord vor dein Restaurant? *Mon dieu!* Die arme Bäcker. Und dein persönlichen Kochbuch? Mit die besten Rezepte? Das ist eine Fiasko. Wer könnte so etwas tun?«

»Das, mein Lieber, ist die Frage der Fragen. Kennst du vielleicht einen Kollegen, der es auf meine Rezepte abgesehen hat? Du weißt doch sonst immer alles.«

Der kleine Normanne zuckte zusammen und ging in die Knie. Mit glänzenden Augen deutete er auf den Boden. »Schau mal da, ein Pfennigkraut! Wunderbar zu Rührei. Gut gegen die Husten. Und heißt immer noch Pfennigkraut, den Deutschen ich hätte zugetraut, es Centkraut zu nennen, wegen der Ordnung.« Er lachte spitzbübisch. »Musst du probieren!«

Julius probierte. Schmeckte, als hätte ein Fuchs draufgetrullert. »Köstlich!«

Er legte Antoine einen Arm um die Schulter. »Überleg doch mal: Wer könnte Interesse an meinen Rezepten haben? Und wäre fähig, Hubert Lorenz zu töten? Ich sag auch niemandem, dass du mir was gesteckt hast.«

Antoine zog zischend die Luft zwischen den Zähnen ein. »Viele sind neidisch auf dein tollen Ideen, vor allem was dein Wildküche angeht. Besonders den Dieter von die ›Prummetaat‹ in Bonn. Aber Rezepten stehlen und kopieren? Und auch noch einen Mord? Einige Ideen klauen, gut, das machen viele. Nennen es dann Inspiration, aber eine ganzes Gericht? Non. Niemals. Warum auch? Die Sach würde direkt auffliegen, wenn die Gericht auf die Kart kommt.«

»Aber wer dann? Wer nimmt einen Einbruch und einen Mord auf sich für ein Kochbuch?«

»Vielleicht einen ehemalige Mitarbeiter, den du vor die Tür gesetzt hast? Aus bösen Rache?«

Julius schüttelte entschieden den Kopf. »Bei mir ist keiner im Streit gegangen.«

»Zumindest nicht, dass du wüsstest.«

»Nein, wirklich, da bin ich mir ganz sicher. Das war niemand von meinen Jungs und Mädels.«

Doch Julius kam ins Grübeln. Hatte er mal jemanden vor den Kopf gestoßen, ohne es zu merken? Seine Mitarbeiter wussten natürlich von dem Buch. Er erzählte gern davon, auch vor Gästen und Freunden. Warum auch nicht? Seine Brigade scherzte darüber, wie zärtlich er es berührte, wie versonnen er hineinblickte. Wenn ihn jemand von der Belegschaft an einer empfindlichen Stelle treffen wollte, dann wusste er fraglos, wie.

Aber das konnte nicht sein. Das Klima in der »Alten Eiche« ging ihm über alles. Und potenzielle Störenfriede stellte er gar nicht erst ein. Natürlich hatte es da diesen Burschen aus dem Brohltal gegeben, der sich in der Kasse bedient hatte. Aber das war schon so lange her.

Antoine riss ihn aus seinen Gedanken. »Wer ist das da bei dein

Krabbler? FX vielleicht? Ich kann so schlecht sehen in die Ferne.« Er winkte in Richtung von Julius' Auto.

»Wieso FX? Den habe ich doch gar nicht mitgenommen. Und es heißt nicht Krabbler, sondern Käfer.«

Als Julius sich umdrehte, war der angebliche FX bereits weg. Dafür hatte sich an seinem Wagen ein Detail verändert. Etwas Weißes klemmte unter dem Scheibenwischer.

Es würde doch kein Strafzettel sein, hier im Grünen? Wanderten Politessen jetzt schon? Doch als er näher kam, erkannte Julius, dass es etwas viel Unspektakuläreres war. Zumindest auf den ersten Blick. Ein einfaches, unliniertes Blatt Papier.

Julius spürte, dass es nichts Gutes bedeutete, aber noch hoffte er, dass er sich täuschte.

Doch das tat er nicht.

Das Papier war an den Seiten leicht vergilbt. Es war alt. Aus gutem Grund. Denn es war aus seinem Familienkochbuch gerissen worden. Auf der Vorderseite stand das Rezept für Alt-Eifeler Schmorbraten mit Buchweizenknödeln. Auf der Rückseite standen drei handgeschriebene Zeilen:

Telefonzelle Heppingen
Sofort
Keine Polizei

Die Schrift hatte er nie zuvor gesehen. Sie sah ungelenk aus, als hätte der Verfasser versucht, den natürlichen Schwung seiner Hand zu vertuschen.

»Was hältst du da, Julius?«, fragte Antoine, der ihm gefolgt war.

»Eine Verwarnung«, sagte Julius und steckte die Seite schnell ein. »Bis jetzt nur eine Verwarnung.«

Gute zehn Minuten später stand er in der Telefonzelle seines Heimatdorfs, dem ganzen Stolz Heppingens. Nur rund neunhundert Einwohner – aber eine weiße Telekom-Zelle mit Sprossenfenstern und magentafarbenem Spitzdach. Sie stand direkt neben der Bushaltestelle vor der katholischen Kirche St. Martinus. Wer auch immer auf der Landskroner Straße durch Heppingen brauste, er konnte sie unmöglich übersehen. Sie stand nur einen Steinwurf von der »Alten Eiche« entfernt. Was würde jetzt passieren? Rief ihn jemand an? Hielt eine schwarze Stretchlimousine, auf dessen Rücksitz der lokale Mafia-Pate einen Cocktail schlürfte? Oder explodierte gar der Münzfernsprecher?

Erst einmal kam Michael Bergmeier vorbei, ein alter Schulfreund, der spontan Lust verspürte, über die gemeinsame Zeit im Kirchenchor zu plaudern. Ihm folgte Frau Droste, die es für eine günstige Gelegenheit hielt, Julius zu fragen, ob es eine einfache Methode gäbe, Polenta zu kochen. Das ständige Rühren ginge so auf die Sehnenscheiden.

Als Frau Droste umfassend informiert war und sich von dannen gemacht hatte, erwachte das Telefon plötzlich zum Leben. Julius zögerte. Was, wenn er einfach nicht ranging? Dann musste der Zettelschreiber ihn anders kontaktieren. Dann hätte Julius Zeit zum Nachdenken, zum Beispiel wie er eine Falle stellen konnte!

Es klingelte weiter.

Doch was, wenn der Dieb dann das ganze Kochbuch vernichtete? Wenn alle Rezepte seiner Familie verloren gingen? Durfte er solch ein Risiko wirklich eingehen?

Beständiges Klingeln.

Julius nahm den Hörer von der Gabel.

»Eichendorff.«

»Hören Sie gut zu, ich sage alles nur einmal.« Die Stimme klang, als würde sie mit Hilfe eines Computers verfremdet. Sie hatte klinisch saubere Ecken. »In dem Mülleimer neben der Telefonzelle finden Sie drei Rezepte. Kochen Sie diese. Heute Abend um Punkt einundzwanzig Uhr kommen Sie damit zur Telefonzelle. Dann sagen wir Ihnen, wohin Sie das Essen bringen sollen. Kochen Sie es auf den Punkt fertig, so als würden Sie es im Restaurant servieren. Wenn Sie nicht alles geben, die Zutaten schlecht sind, die Garzeitpunkte verpfuscht oder die Temperatur daneben ist, werden wir Seiten aus Ihrem Kochbuch verbrennen. Geben Sie Gift an das Essen, werden wir es merken.

Haben Sie das verstanden? Und wenn Sie irgendwen informieren, vor allem die Polizei, besonders Ihre Frau, wird das gesamte Buch brennen.«

Der Mann legte auf.

Julius blickte sich um. Denn ein Gedanke schoss ihm wie ein Leuchtfeuer durch den Kopf. Er war erst angerufen worden, als sich niemand mehr in seiner Nähe befand – der Anrufer musste ihn sehen können. Bewegte sich eine Gardine? Saß jemand in einem geparkten Auto? Doch dann beendete er seine Suche wieder. Wenn der Erpresser merkte, dass Julius ihn entdeckt hatte, würde er fliehen, und das Kochbuch ... Julius wollte es sich nicht vorstellen. Wie er es auch drehte und wendete, der Bursche hatte ihn in der Hand. Am besten ging er sofort die zwei Schritte zum Mülleimer. Und zwar schnell, solange keiner in der Nähe war. Wenn Bergmeier oder Droste ihn jetzt sahen, wäre sein Ruf ruiniert. Eichendorff wühlt in Mülltonnen. Das würde auch das Gesundheitsamt brennend interessieren.

Er öffnete den Deckel.

Die Rezepte lagen nicht zuoberst. Julius musste sich durch leere Bierdosen, Bananenschalen und benutzte Taschentücher wühlen, bis er auf sie stieß. Drei Gerichte standen darauf: Parfait vom Stör mit Kaviar, Terrine von der Schnepfe im Baumkuchenmantel, Hummer und Jacobsmuschel in rosa Champagner.

Julius kannte sie. Jeder in der Spitzengastronomie kannte sie. Es waren Klassiker von Dietrich Mercator, dem legendären Koch des Restaurants »Die Rebe« in Grevenbroich. Warum sollte *er* die kochen? Niemand beherrschte das besser als Mercator. Und warum vier Portionen? Machte er jetzt Erpresser-Catering?

Jemand tippte ihm fest auf die Schulter.

Julius drehte sich um, die Fäuste erhoben.

Es war Anna.

»Bevor du etwas sagst: Ich kann mir denken, dass du ein paar Fragen hast.« Julius wusste: Wenn Anna erst einmal anfing, ihn ins Kreuzverhör zu nehmen, hatte er keine Chance mehr. Darin war sie geübt, das war schließlich ihr Job. Also musste er vorlegen, seine Sicht schildern, bevor sie auf dumme Gedanken kam. Oder genauer: bis sie auf die Wahrheit kam. Dass er auf eigene Faust in einem Mordfall ermittelte, obwohl er ihr bei der Hochzeit hoch und heilig hatte versprechen müssen, das nie wieder zu tun. Julius räusperte sich, was ihm weitere Sekunden verschaffte, um sich eine halbwegs glaubwürdige Geschichte zurechtzulegen.

»Du fragst dich zum Beispiel sicher, warum ich hier neben der Telefonzelle stehe, obwohl ich ein Handy habe. Antwort: Der Akku ist leer. Warum ich nicht vom Restaurant aus telefoniert habe, obwohl es nur wenige Schritte entfernt ist?« Er musste sich schnell etwas überlegen … ja, jetzt hatte er es! »Antwort: Weil ich nicht wollte, dass mir jemand zuhört. Mit wem, wirst du mit Fug und Recht fragen, musste ich so geheim telefonieren? Mit einer neuen Mitarbeiterin für den Service, von der FX noch nichts wissen soll. Soll eine Überraschung sein, sie stammt nämlich auch aus Österreich.«

Julius hatte keine Ahnung, wie er aus der Geschichte wieder rauskommen sollte, denn es gab natürlich keine neue österreichische Servicekraft. Zur Not musste er eine einstellen. Besser als von Anna beim Flunkern erwischt zu werden. Er blickte ihr in die Augen. Wenn sie ihm nicht glaubte, starrte sie ihn immer an, ohne zu blinzeln.

Doch dann stellte sie eine Frage. »Eine Sache hast du vergessen, die mich sehr interessieren würde.«

»Ach ja? Welche denn?«

»Warum du die Fäuste oben hattest.«

Ups. Jetzt starrte sie ihn an. Ohne zu blinzeln.

»Ich wusste, dass du es warst, und wollte dich erschrecken.«

Sie schüttelte den Kopf. »Schwacher Versuch. Damit kommst du nicht durch.«

»Nein?«

»Nein. Nicht bei mir. Du bist nervös und hast Angst, oder? Wegen des Mordes.« Sie nahm ihn in den Arm. »Aber ich pass schon auf dich auf. Als exklusiver Personenschutz, rund um die Uhr.« Dann kniff sie ihn in die Wange.

»Wofür war das?«

»Tu nicht so scheinheilig. Du weißt genau, wofür.«

Ein älteres Ehepaar näherte sich ihnen mit dem Tempo humpelnder Dackel.

Anna hakte sich bei ihm unter. »Lass uns woanders reden, muss ja nicht jeder hören.«

Erst als sie wieder zu Hause waren und Anna Wasser für Tee aufgesetzt hatte, verschränkte sie die Arme vor der Brust und sah ihn streng an.

»Die Kollegen sind sauer, und ich bin es auch. Weil du die Witwe informiert hast. Wir beobachten nämlich ausgesprochen gerne, wie Hinterbliebene reagieren, wenn wir die Nachricht überbringen. Diesmal fehlt uns diese Information. Und behaupte ja nicht, dass du das nicht wusstest!«

Julius nahm das Wasser vom Herd und goss es langsam in die Teekanne. »Es ist besser so gewesen. Jetzt hat ihr ein Freund die Nachricht beigebracht und kein unbekannter Polizist. Von wem würdest du hören wollen, dass ich ermordet worden bin?«

»Ich würde es vorziehen, das von niemandem zu hören.«

»Aber wenn, dann sicher nicht von irgendeinem unbekannten Polizisten.«

»Da ich selber einer bin, kenne ich die meisten Kollegen.« Anna grinste und nahm sich eines der Butterplätzchen, die Julius extra als Tee-Begleitung gebacken hatte.

»Du bist ein schlechtes Beispiel.«

»Ich bin das einzige Beispiel, das zählt! Pass auf, ich lass dich von der Angel, wenn du versprichst, dass wir am Wochenende endlich mal wieder meine Eltern besuchen. Und zwar nicht nur Hallo und Tschüss, sondern ein ganzer Nachmittag mit Ausflug und Kuchen essen. Haben wir einen Deal?«

Nach kurzem Zögern schlug Julius ein. »Es lohnt nicht, mir dir zu feilschen – eher wird der Papst evangelisch. Aber …«

»Aber?«

»Der Deal gilt nur, wenn du mir vom Stand der Ermittlungen erzählst.« Der Tee hatte lange genug gezogen, Julius füllte seine Tasse und schlürfte lautstark.

»Deal. Und jetzt hör auf mit diesem schrecklichen Geräusch!

Also: Hubert Lorenz hatte 2,1 Promille im Blut – damit war er jenseits von Gut und Böse. Vielleicht wusste er selbst nicht, was er bei dir wollte. Die Abholung der Brötchen war eigentlich erst für neun Uhr in seinem Terminkalender eingetragen. Die Todeszeit liegt aber zwischen fünf und sechs Uhr morgens. Da fällt das Thema Alibi leider flach, alle lagen im Bett. Und die Spurensicherung hat auch nichts zustande gebracht, keine brauchbaren Fingerabdrücke, weder auf den Brötchen noch sonst wo, keine Kleidungsfasern, keine DNA-Spuren, nichts.«

Auch Anna goss sich nun etwas Tee in eine Tasse und pustete große Wellentäler hinein, bevor sie einen Schluck nahm.»Unsere einzigen Verdächtigen sind bisher die Ehefrau und die Geliebte – wobei Letztere kein Motiv hat. Ihre Befragung brachte wenig außer der Erkenntnis, dass der Bäckermeister Verkleidungsspielchen liebte. Er hatte keine Schulden, war nicht depressiv, keine Spielsucht, keine Drogen außer ab und an ein Gläschen Wein. In den letzten Wochen hat er sich oft mit einem Winzer aus dem Rheingau getroffen, Karl-Philipp Mut heißt der Mann, den wir noch befragen müssen. Arbeitet auch biodynamisch. Anscheinend haben sie sich auf einer Tagung über ›Anthroposophie in der Landwirtschaft‹ kennengelernt. Mit ihm hatte er sogar am Vortag seines Todes ein Treffen. Kennst du ihn zufällig?«

»Guter Winzer, spannende Weine. Ein echter Überzeugungstäter, was die Biodynamik angeht. Grundehrliche Haut.«

»Wir prüfen das gerade.« Anna nahm wieder einen Schluck des schwarzen Tees, und für einen kurzen Moment entspannten sich ihre Gesichtszüge, bevor sie weiterberichtete.»In der Mordnacht war Hubert Lorenz bei seiner Geliebten, wie sie uns erzählt hat. Er verließ ihre Wohnung allerdings gegen halb fünf Uhr morgens, stark betrunken. Sie haben wohl mehrere Champagnerflaschen bei ihren amourösen Spielchen geköpft, und Lorenz hatte seinen Mitarbeitern bereits angekündigt, dass er erst gegen Mittag in den Betrieb kommen würde – Seitensprungplanung in Perfektion. Eine aufmerksame Nachbarin hat die Uhrzeit bestätigt. Fehlt uns also gut eine halbe Stunde. Aber mit so viel Alkohol im Blut kann es schon mal dauern, bis man es nach Heppingen schafft. – Warum schaust du ständig auf die Uhr?«

»Tu ich ja gar nicht.«

»Hast du noch einen Termin?«

»Ich muss halt ins Restaurant.« Musste er nicht. Er musste die Zutaten für die vom Erpresser geforderten Gerichte auftreiben. Wenn er sich nicht beeilte, würde er es nicht mehr schaffen.»Und dahin gehe ich jetzt auch. Keine Widerworte – dafür bringe ich deiner Mutter sogar Blumen und deinem Vater eine Flasche Frühburgunder mit.«

Anna stand auf und reichte ihm ganz förmlich die Hand.»Mein lieber Herr Eichendorff, das ist zwar eindeutig Bestechung einer Amtsperson, aber es ist immer eine Freude, mit Ihnen Geschäfte zu machen! Und apropos Mütter: Deine sucht dich verzweifelt. Ständig ruft sie mich auf dem Handy an, weil deins wieder mal aus ist. Und deine Kusine Annemarie hat vierzehnmal auf den AB gesprochen. Das Übliche also.«

Anna verabschiedete sich mit einem Kuss und fuhr zurück ins Koblenzer Kommissariat. Eine Weile sah Julius ihr noch nach, dann ging er zurück in die Küche, um den letzten Schluck Tee zu trinken. Er genoss die in seinem Magen ausströmende Wärme; sie besänftigte seine Sorgen etwas. Die Polizei kam nicht weiter, also musste er alles dransetzen, den Fall zu lösen.

Doch erst galt es, die Zutaten zu besorgen. Glücklicherweise saß in Sinzig die Lösung dieses Problems. Das Lecker-Team. Die hatten alles. Und was sie nicht hatten, würde der Chef ihm höchstpersönlich besorgen. Simon Dillen war ein echter Jäger und Sammler. Und er liebte eine gut gefüllte Höhle.

Wie sich herausstellte, hatte er vor Kurzem ausreichend Stör, Kaviar, Schnepfen, Hummer und Jakobsmuscheln gefangen. Vor dem Mann war nichts sicher. Man hatte Angst zu fragen, ob er einen Panda vorrätig hätte, weil man dann vermutlich mit einem Augenzwinkern ins Lager geführt werden würde.

Schnell brauste Julius zurück nach Heppingen. Mit den Worten»Keine blöden Fragen, sonst gibt es blöde Antworten« stürmte er in die Küche der »Alten Eiche«, wo bereits Hochbetrieb herrschte. FX verhielt sich wie ein guter österreichischer Freund – und ignorierte die Bitte.

»Verehrter Julius, die Presse fragt höflichst an, ob es dem Herrn genehm wär, ein Statement abzugeben.«

»Lass mich in Ruhe, ich muss mich konzentrieren.«

»Lass mich in Ruhe, ich muss mich konzentrieren«, äffte FX ihn nach. Es klang täuschend echt, geradezu unheimlich. Julius war beeindruckt – und noch wütender.

»Die Presse soll unsere neue Hauptspeise probieren: Halt's-Maultaschen!«

»Des steht aber nicht auf der Karten.«

»*Des* hat dich einen Feuchten zu interessieren.«

»Oho, die Diva is schlecht gelaunt! Is ihr etwa eine Laus über die Fettleber gelaufen?«

Julius antwortete nicht, er blickte nur. In seinen Augen brodelnde Wut.

Den Blick hatte er von Anna gelernt. Er funktionierte. FX versuchte nur noch dreimal, mit ihm zu reden, weil das Feinschmeckerduo Fröhlich/Winkelberg so viele Sonderwünsche beim Mittagsmenü hatte. Sie bestellten Julius' berühmteste Speisen – auch wenn sie nicht auf der Karte standen. Das inspirierte andere Tische, es ihnen gleichzutun. Das Ergebnis war Chaos in der Küche.

Doch Julius bügelte ihn immer wieder ab.

Nach der dritten Abfuhr hängte der Maître d'hôtel ein Schild neben ihm auf: »Nicht stören, Maestro kocht«. Nachdem er kurz die Enden seines Zwirbelbarts emporgedreht hatte, schrieb er noch dazu: »Füttern verboten!«

Doch um siebzehn Uhr dreiundzwanzig hielt sich eine Person nicht mehr daran. Zumindest an das Stör-Verbot.

Julius hatte gar nicht gemerkt, dass jemand in die Küche gekommen war. Zögerlich wurde ihm über die Schulter geblickt. Julius zuckte kurz zusammen, war jedoch so ins Kochen vertieft, dass er nicht weiter reagierte.

»Sind Sie Julius Eichendorff, der … kriminelle Detektiv?«

»Der *kulinarische* Detektiv«, antwortete Julius, ohne aufzublicken: Egal, wer ihn jetzt störte, er hatte keine Zeit. Es würde heute unglaublich knapp werden, und er durfte sich keinen Fehler erlauben, dabei waren die Zubereitungen unglaublich diffizil.

»Aber ich bin in Rente. Jetzt arbeite ich nur noch als Koch.« Julius sah nun doch auf, um seinen letzten Worten Nachdruck zu verleihen. Und staunte. Vor ihm stand nämlich Marie Kowalczyk. Besser bekannt als die Affäre des Bäckers.

»Ich brauche Ihre Hilfe. Ich bin … ich *war* Huberts große Liebe.« In ihrer Stimme lag ein wütendes Zittern. »Und ich will wissen, wer den wunderbarsten Menschen der Welt umgebracht und mir alles kaputt gemacht hat.«

Den wunderbarsten Menschen der Welt? Marie Kowalczyks Welt musste klein sein.

Maries Größe und schlanke Figur erinnerten an ein Baguette – was Julius von Huberts Geliebter nicht anders erwartet hatte. Sie war ein heller, blasser Typ, was durch ihre strohblonden Haare und die weiß und rosa gehaltene Kleidung noch verstärkt wurde. Sie wirkte, als wolle sie am liebsten unsichtbar sein.

»Die Polizei kümmert sich um alles. Die Ermittlung ist in guten Händen.« Nämlich denen meiner Frau, dachte Julius. Und in seinen eigenen – aber im Moment hatte er einfach keine Zeit dafür.

»Die Polizei? Die behandelt mich, als hätte ich ihn …«

»Ich muss wirklich diese Schnepfe hier fertig machen.« Der Vogel war einfach zu klein für Julius' Finger. Hätte Mercator nicht einen Elch in den Baumkuchenmantel stecken können? Das wäre mal ein Gericht für Grobmotoriker gewesen.

Marie Kowalczyk lehnte mit hängendem Kopf neben Julius und den Schnepfen an der Küchenzeile. »Ich habe nachgedacht, wer ihm das angetan haben könnte. Seine blöde Frau nicht, die hat ihn ja immer noch geliebt und dachte, sie kann mich ausstechen. Dabei hätte die nie mehr 'ne Chance gehabt.«

Sie packte Julius plötzlich an der Schulter, und ihre Stimme wurde fester. »Es muss mit diesem Weinmenschen vom Rhein zu tun haben, mit dem hatte er Streit. Als er in der Nacht bei mir war, hat er über ihn geschimpft. Deswegen hat er ja auch so viel getrunken. Aus Kummer!«

Julius drehte sich um in der Hoffnung, dass die Schnepfen in der Zwischenzeit nichts Dummes anstellten. »Haben Sie das auch der Polizei erzählt?«

»Nein, das ist ja nur eine Vermutung. Nachher denken die noch, ich wollte den verdächtig machen, um von mir abzulenken, und dann sperren die mich ein. Sieht man doch immer wieder im Fernsehen.«

»Sie *müssen* es der Polizei erzählen. Da führt kein Weg dran vorbei.«

»Nee, denen erzähle ich gar nix. Und Sie können mich auch nicht zwingen!«

Da hatte sie recht. Und er hatte auch gar keine Zeit dazu, denn der Blick auf die Küchenuhr verriet, dass es schon zwanzig Uhr vierunddreißig war. Aber eine schnelle Frage war noch drin. »Worüber hat Hubert denn mit Karl-Philipp Mut gestritten?«

»Wollte er nicht sagen. Hubert hat nie viel von sich erzählt. Er hat immer gesagt, mit mir möchte er keine Probleme wälzen, mit mir zusammen möchte er nur schöne Zeiten erleben. Er war so ein Romantiker.«

Für eine Partei war Ehebruch immer Romantik. Für die andere der reine Horror. Julius öffnete hastig den Kühlschrank. Was machte das Parfait vom Stör? Sah gut aus. Würde schon alles werden! Doch seine Unruhe legte sich nicht. Rezepte waren wie Perlen. Sie wurden schöner, je öfter man sie präsentierte. Doch dies war Julius' erste Begegnung mit »Parfait vom Stör mit Kaviar«, »Terrine von der Schnepfe im Baumkuchenmantel« und »Hummer und Jacobsmuschel in rosa Champagner« – es war ein vorsichtiges Herantasten an die Gerichte, kein souveränes Aufkochen. Außerdem waren es nicht seine Rezepte. Es fühlte sich an, als müsste er Schuhe in falscher Größe anziehen. Sie saßen nicht richtig.

»Haben Sie gehört, was ich gesagt habe?« Marie Kowalczyks Stimme riss ihn aus seinen Gedanken.

»Ging es um Perlen und Rezepte?«

»Nein.«

»Dann nicht.«

»Ich hab mir überlegt, dass Hubert und der Winzer sich vielleicht gestritten haben und der andere dann wütend wurde, weil Hubert ihn tierisch beleidigt hat, denn in genau so einer Laune war er.«

Julius ließ die Jakobsmuscheln für ein paar Sekunden allein in der geklärten Butter schwimmen. »Sie haben also darüber nachgedacht.«

»Natürlich.« Sie zog ärgerlich die Augenbrauen zusammen. »Aber warum sollten die beiden gerade vor der Hintertür meines Restaurants streiten? Was macht ein Rheingauer Winzer mitten in der Nacht in Heppingen? Als Hubert von Ihnen weggegangen ist, war er noch nicht im Tal, oder? Und es sind gute anderthalb Stunden Fahrt von Karl-Philipp Mut bis zu uns.«

»Helfen Sie mir?«

Julius wendete die Jakobsmuscheln. »Ich kann meinen Kopf nicht daran hindern, zu denken. Und wenn was Sinnvolles dabei rauskommt, kann ich meine Zunge nicht daran hindern, Ihnen etwas zu sagen.«

Dann klingelte die Küchenuhr.

Er musste los!

Julius packte alles einzeln in bereits vorgewärmte Schälchen, stellte sie in einen Styroporkarton, deckte das Ganze mit Küchentüchern zu, setzte den Deckel drauf, verabschiedete sich hastig und verschwand durch die Hintertür.

Der Apparat in der Telefonzelle klingelte schon, als er um die Ecke bog. Oma Burbach näherte sich mit quietschendem Rollator dem Hörer. Sie mochte langsam sein, doch sie machte das mit Zielstrebigkeit wett. Julius kannte die alte Frau gut, sie war eine Hohepriesterin der heimischen Kulinarik. Oma Burbach brauchte einen ganzen Tag für Döppekuchen, aber wenn dieser dann aus dem Backofen kam, duftete er wie Manna.

Julius versuchte, schneller zu gehen, doch dann wäre ihm alles aus der Hand gefallen – und Oma Burbach war fast schon da, sie nahm bereits den Arm vom Lenker. Ihm musste etwas einfallen!

Und ihm fiel etwas ein.

»Oma Burbach! Wir haben noch ein paar Kartoffeln in der

Küche übrig. Die guten Linda! Brauchst du vielleicht welche für deinen Döppekuchen? Kannst alle haben.«

Oma Burbach hielt inne, drehte den Kopf langsam wie eine Schildkröte, spitzte die dünnen Lippen, brummte dann zustimmend und vollzog einen Kurswechsel in Richtung »Alte Eiche«.

Julius hastete zum Telefon, denn jedes Klingeln konnte nun das letzte sein.

»Eichendorff.«

»Haben Sie das Essen?«

»Ja, natürlich. Und wo soll ich jetzt hin damit?«

»Zu Ihnen nach Hause.«

DREI

*»Das Rezept für Menschenauflauf
findet sich in keinem Kochbuch.«*

Gerald Drews

Den Styroporkarton mit dem Essen fest an die Brust gepresst, bog Julius um die Ecke zu seinem Haus. Der Entführer konnte unmöglich drin sein, oder? Die Gefahr, dass Anna zufällig nach Hause käme, wäre einfach zu groß. Andererseits wäre es ein großes Glück, wenn der Erpresser es gewagt hätte, in sein Haus einzudringen. Denn dieses war sein Spielfeld. Julius wusste, wie er an scharfe Messer kam, welche Bodendielen knarrten und wo Gefahr bestand, auf einen Kater zu treten – der darauf ausgesprochen ungehalten reagieren würde. Wenn er den Erpresser irgendwo überwältigen konnte, dann hier.

Julius blieb gute zwanzig Meter vor dem Haus stehen. Sein heißer Atem bildete Wölkchen in der eisigen Heppinger Winterluft. Sollte er durch die Haustür oder durch den Garten eintreten? Am besten würde er durch den Schornstein rutschen, doch leider hatte der Architekt nicht bedacht, dass dicke Köche und Weihnachtsmänner diesen Weg nehmen könnten.

Julius beschloss, die Vordertür zu wählen, das würde den Erpresser in trügerischer Sicherheit wiegen. Wenn der Bursche es am wenigsten erwartete, würde Julius zuschlagen und ihm die Schnepfe samt Baumkuchenmantel und Kaviar über die Rübe hummern.

Das Licht im Hauseingang war aus, auch drinnen war alles dunkel. Der Bursche musste im Düsteren sitzen, vermutlich hatte er sich den Ohrensessel in den Flur gestellt und zielte in diesem Moment mit der Pistole auf die Tür.

Hoffentlich tat er den Katzen nichts.

Julius stellte den Styroporkarton ab, um die Haustür aufzuschließen, denn es kam ihm saudumm vor, an seinem eigenen Haus zu klingeln. Er wollte gerade den Schlüssel ins Schloss stecken, als ihm eine Hand ein feuchtes Tuch auf Mund und Nase drückte. Es roch süßlich. Julius hatte genug Fernsehkrimis gesehen, um im Bruchteil einer Sekunde zu begreifen, dass es sich um Chloroform handeln musste. Mit dieser Gewissheit sackte er auf die Steinstufe.

Er konnte von Glück sagen, dass Chloroform das Schmerzempfinden aufhob.

Als Julius wieder erwachte, fühlte er sich, als sei ein Stück Zeit aus seinem Lebensband geschnitten und die losen Enden zusammengeklebt worden. Er lag auf seinem Wohnzimmersofa, zugedeckt mit der alten haselnussbraunen Filzdecke, einem Erbstück seines Großvaters. Die Schuhe hatte ihm der Erpresser ausgezogen, sogar ein Kissen hatte er ihm unter den Kopf gelegt. Wie ungemein fürsorglich. Doch Julius schmerzten alle Knochen von der unbequemen Schlafposition. Außerdem hatte er Magenschmerzen. Als hätten ihm kleine Geißlein den Bauch aufgeschnitten und Wackersteine reingewuchtet. Er tastete ihn ab – und fühlte etwas Pelziges. Dickes. Das anfing zu schnurren. Und ihm die Hand zu lecken.

Herr Bimmel.

Jetzt war ihm auch klar, warum sich seine Füße so warm anfühlten. Heiß geradezu. Felix lag darauf. Der kleine Kater schlief so zufrieden, dass Julius sich nicht traute, auch nur mit dem kleinen Zeh zu wackeln. Stattdessen blickte er aus dem Fenster. Es war taghell, er hatte also die Nacht durchgeschlafen. Die Küchenuhr konnte er vom Sofa aus nicht sehen, aber dem grauen Winterlicht nach zu urteilen war es später Vormittag. Der Erpresser war sicher längst über alle Berge, doch seine Angetraute konnte im Haus sein.

»Anna?«

Keine Antwort.

Julius versuchte es lauter. »Anna! Ich bin wach!«

Anna anscheinend auch – und bereits bei der Arbeit.

Julius drehte den Kopf, um zu schauen, ob das tragbare Telefon auf dem Wohnzimmertisch lag. Anna ließ es gern hier liegen, anstatt es vorschriftsmäßig in die Ladestation zu stellen. Doch der Tisch war leer bis auf eine Obstschale, die Fernsehzeitung, einen Teller mit Brotkrümeln und butterbeschmiertem Messer …

… und zwei Zettel.

Julius streckte vorsichtig den Arm aus, darauf bedacht, den schlummernden Herrn Bimmel nicht abrutschen zu lassen, und griff sich das oberste Blatt.

Er erkannte die Schrift sofort. Das Schreiben stammte von Anna.

Kannst du mir verraten, warum du in voller Montur auf dem Sofa schläfst, statt im Schlafanzug im Ehebett? Und so fest, dass ich dich nicht wecken konnte? Du hast einiges zu erzählen, mein Lieber!

Kein Kuss

~~*Deine*~~ *Anna*

Oha. Sein Eheweib war saurer als Schlesische Gurkenhappen. Hoffentlich kam er mit einer Wein-über-den-Durst-getrunken-Geschichte durch. Die zog im Ahrtal seit Jahrhunderten und wurde bei Erreichen der Volljährigkeit vom Vater an den Sohn weitergegeben.

Er angelte sich den zweiten Zettel. Dieser war zusammengefaltet. Wieso schrieb Anna ihm noch einen Brief? Hatte ihre Wut nicht auf ein Blatt gepasst? Er öffnete ihn.

14.00 Uhr, Telefonzelle

- Borschtsch à la Eckler

- Mit Jakobsmuscheln gefüllte Ravioli, vollendet in Trüffelsauce

- Rehrücken in der Brotkruste mit Wacholder-Portwein-Sauce

- Gebackene Schokoladentränen

Vier Gänge! Und diesmal schon am frühen Nachmittag! Wie sollte er das nur schaffen? Natürlich kannte er sämtliche Gerichte, denn auch sie waren Klassiker. Allesamt von Heinrich Eckler, dem Saucen-Magier aus Aschau am Chiemsee, einst jüngster Drei-Sterne-Koch der Welt und Schöpfer der »Cuisine Vitale«, die leichte Gerichte propagierte, veredelt mit Kräutern und Blüten. Der mittlerweile Sechzigjährige hatte sein Handwerk noch bei Kochgott Paul Bocuse gelernt, sein bayerisches Restaurant sah im Innern aus wie ein venezianischer Dogenpalast, und die Küche war entsprechend große Oper. Ecklers Borschtsch hatte mit dem Dauerbrenner der russischen Babuschkaküche nichts zu tun. Es war vielmehr eine Essenz der roten Rübe mit Sauerrahm – und viele Köche hatten sich schon den Kopf darüber zerbrochen, wie Eckler es schaffte, aus dem profanen Gemüse solche Grandezza herauszuholen.

»Alle absteigen!«, rief Julius seinen beiden Katern zu und erhob sich.

Dann sah er die Uhr.

Und wäre vor Schock beinahe wieder auf das Sofa gesunken.

»Und wer bittschön kümmert sich um den depperten Fruchtpunsch für die ›Uferlichter‹? Und des Maestros Trüffelnudeln? Die soll ich doch jetzt net etwa mit meinen Klavierspielerhänden zusammenklumpen?« FX zwirbelte seinen kaiserlichen Schnauzbart spitz. Julius vermutete, um Käsewürfel und Trauben damit aufspießen zu können.

»Alle Aufgaben sind delegiert, der feine Herr Pichler muss sich nicht die Finger schmutzig machen. Er kann weiterhin dem nachgehen, was er am besten kann: sich im Restaurant herumtreiben und die zahlende Kundschaft belästigen.«

»Na also. Geht doch!« Grinsend griff FX sich einen Teller von der Ausgabe und rauschte durch die Schwingtür ins Restaurant.

Julius rührte unbeeindruckt weiter die Trüffelsauce. Eben erst hatte er Eckler ans Telefon bekommen und ihn – unter Kollegen – nach den Tricks und Kniffen bei seinen berühmtesten Kreationen gefragt. Eckler hatte ihm – unter Kollegen – nur Altbekanntes verraten. Julius hatte das befürchtet. Und er hatte Verständnis dafür. Warum sollte man seine Zaubertricks preisgeben, für die man ein Leben lang geschuftet hatte? Also hatte er die Rezepte in Ecklers Kochbüchern als Grundlage genommen und experimentiert, wobei er die Geschmackseindrücke aus seinen Besuchen bei dem Drei-Sterne-Schneebesenschwinger bis ins Detail nachempfand.

Das Telefon schrillte. Wenige Sekunden später stand FX neben ihm, die Hand über der Sprechmuschel. »Es is dein holdes Weib. Soll ich ihr wieder sagen, du seist net da?«

»Ich bitte darum.«

»Wir Österreicher treten des heilige Sakrament der Ehe net dermaßen mit Füßen!«

»Nein, ihr haltet euch einfach nicht daran.«

FX drückte Julius den Telefonhörer in die Hand und verließ naserümpfend die Küche. Im Naserümpfen machte ihm niemand etwas vor.

Anna kaufte Julius die Trinker-Geschichte natürlich nicht ab, dafür log er einfach zu schlecht. Aber nicht nur deswegen war sie schlecht drauf, sondern vor allem wegen der Ermittlungen. Die steckten in einer Sackgasse. Wenn nicht bald eine neue Spur auftauchte, wusste Anna nicht mehr, wo sie ermitteln sollten.

Julius war kurz davor gewesen, ihr alles zu beichten.

Aber vor dem Abgrund hatte er angehalten, ihr einen telefonischen Kuss gegeben und dem Kochen wieder seine volle Aufmerksamkeit geschenkt.

Verdammt, wie bekam Eckler die Saucen nur so unwahrscheinlich seidig? Das einzige Glück war, dass Julius sich um die Beilagen keine Gedanken machen musste. Eckler hielt es gern wie vor dreißig Jahren: grüne Böhnchen, Schmortomätchen und Kartoffelgratin. Aber auch die musste man erst einmal in einer Qualität kochen können, die in die Sternegastronomie passte.

Um dreizehn Uhr achtundfünfzig und einundzwanzig Sekunden war Julius fertig, schmeckte letztmalig und nicht ohne Stolz ab und füllte alles in separate Schälchen.

Es blieb ihm eine Minute neununddreißig, um zur Telefonzelle zu gelangen.

Für Supersprinter wie Usain Bolt kein Problem.

Doch Julius war so schwer wie drei Supersprinter. Aber nur halb so schnell wie einer – mit Hühneraugen an den Füßen.

Julius versuchte, seine Masse in Schwung zu bringen und wie eine Lawine an Tempo zu gewinnen. Es lief wunderbar, bis er an der anderen Seite der Landskroner Straße angelangt war. Der Bordstein war einen Tick höher, als Julius erwartet hatte. Nur wenige Millimeter, doch diese waren entscheidend. Es waren genau die Millimeter, welche seine Fußspitze zu lang war.

Mit lautem Scheppern legte er sich der Länge nach hin – und seine Welt färbte sich rot. Borschtschrot. Der Bürgersteig, seine Arme, seine Brust. Fluchend erhob Julius sich und sah in den Karton. Er war im Innern so rot, als wäre ein Eichhörnchen explodiert. Die Suppe war dahin. Und seine Klamotten auch. Rote Bete bekam man niemals richtig raus.

Das Telefon klingelte, bereits zum dritten Mal. Julius ließ den Karton am Straßenrand stehen und schaffte es auf den letzten Drücker, den Hörer abzunehmen.

»Kein Chloroform«, sagte er statt einer Begrüßung. »Das knockt mich viel zu lange aus.«

»Sie haben keine Bedingungen zu stellen.«

»Ja, klar.« Mist, Mist, Mist! Wenn er es sich mit dem Erpresser verscherzte, konnte er dem Kochbuch gleich Adieu sagen. Er musste seinen Ärger runterschlucken wie ein zähes Stück Rindfleisch. Außerdem musste er beichten.

»Hören Sie, mir ist da gerade ein Missgeschick passiert. Ich bin gestolpert, und die Suppe … also es gibt keine Suppe mehr.«

Stille am anderen Ende der Leitung. Dann Rascheln gefolgt von einem scharfen Reißen.

»Hören Sie das?« Es erklang das Geräusch eines Streichholzes, das über eine Reibefläche gezogen wurde. Julius hörte etwas aufflammen und dann, wie leise knisternd Papier brannte. »Das ist Ihr Rezept für Gefüllte Kalbsroulade. Der verschnörkelten Schrift nach zu urteilen von einem Vorfahren. Ihrem Großvater?«

»Meiner Urgroßmutter.«

»Mir blutet das Herz, wirklich. Aber noch mehr, weil ich den

Borschtsch à la Eckler à la Eichendorff nicht zu essen bekommen werde! Noch so ein Fehler, und es bleibt nicht bei einem brennenden Rezept aus Ihrem Büchlein.«

»Wie lang soll das noch gehen?«

»Das sage ich Ihnen, wenn es so weit ist.«

»Und wann wollen Sie morgen Ihre Spezialwünsche haben?«

Aus dem Hörer tönte ein Lachen. »Morgen? Heute Abend!«

»Aber heute Abend ist ›Uferlichter‹-Eröffnung, da kann ich unmöglich …«

»Die Rezepte finden Sie unter Ihrer Türmatte. Keine Fehler diesmal! Und das Essen stellen Sie am Dernauer Heiligenhäuschen ab, dem an der Ecke Wingertstraße/Bonner Straße, nicht dem an der Bachstraße. Sonst …«

Wieder flammte ein Streichholz auf.

Diesmal galt es, Gerichte von Vinzenz Dreis zu kochen, dem Moselaner Koch-Traditionalisten mit der Abneigung gegen Vegetarier, der ein Hotelrestaurant nahe Wittlich führte. Folgendes wurde gewünscht: Kleine Torte vom Rinderfilet-Tatar mit Kaviar und Kartoffelrösti, Gänselebervariationen (Mousse mit Feigenkompott, Terrine mit Kirschgelee und ein kleines Törtchen mit Gewürztraminergelee, Apfel, schwarzem Trüffel und Blattgold) sowie Vitello Tonnato nach Dreis' Art (Thunfischtatar, eingerollt in eine dünne Scheibe rohes Kalbfleisch, mit Kaviar vom Hering und Koriandergrün).

Dreis hatte leider nie ein Kochbuch herausgebracht, auch im Fernsehen tauchte er so gut wie nicht auf. Doch Julius kannte den bodenständigen Eifeler gut, schließlich kochte dieser nicht weit entfernt. Oft hatte er mit dem großnasigen Koch zusammengesessen und unzählige seiner »Gebinde« getrunken, die aus Champagner und altem Pflaumenschnaps bestanden. Ein hochexplosives Gemisch. Dabei hatte Dreis ihm das ein oder andere anvertraut, und das Wichtigste, nämlich dass der dickköpfige Grantler gern kräftig salzte, wusste Julius sowieso.

FX ließ ihn in Ruhe kochen, schirmte ihn in der Küche der »Alten Eiche« sogar gegen alle Störungen ab. Aber nur weil Julius ihm alles gebeichtet hatte, inklusive Kochbuchdiebstahl. Er hatte einfach mit jemandem reden müssen, sonst hätte er riskiert, dass sein Hirn platzte. Der alte Freund hatte ihm fachmännisch einen Tee aufgegossen und zugehört. Und dann hatte FX sich einen Stift gegriffen.

»Jetzt schreiben wir die ganzen Gerichte aus dem Bücherl auf. Noch hast's sie alle im Kopf drin, des musst nutzen. Du redst, ich schreib.«

Es sprudelte nur so aus Julius heraus, und er ratterte die Namen sämtlicher Gerichte herunter, die seine Familie über die Jahre angesammelt hatte. Er konnte sie so flüssig herunterbeten wie das Ave-Maria – wäre es ihm doch nur mit den Rezepten genauso gegangen. Danach fühlte er sich noch schlechter.

Denn nun erst wurde ihm in vollem Ausmaß klar, was auf dem Spiel stand: hundertvierundzwanzig Rezepte. Wenn er seinen noch ungeborenen Kindern nichts hinterlassen würde als dieses Buch, wäre es genug. Würde er ihnen nur anderes hinterlassen, würde es niemals reichen.

FX bot weiteren Tee und Pralinen an, doch Julius lehnte ab. Die Tee- und Pralinenvorräte des ganzen Planeten würden nicht ausreichen, um ihn aufzumuntern. FX übernahm auch die Federführung für die »Uferlichter«-Organisation; nur vor seinem Auftritt dort konnte er Julius nicht bewahren. So fuhren sie am Nachmittag über vereiste Straßen nach Bad Neuenahr. Julius würde früh wieder wegmüssen, die drei Erpresser-Gänge zu Ende kochen.

Und sich in der Zwischenzeit nichts anmerken lassen.

Die »Uferlichter« waren zu einer großen Nummer im Tal geworden. Los ging es stets am zweiten Adventwochenende – und damit heute. Der hiesige Meisterflorist schuf mit Lichtern und Dekorationen rund um die Kurgartenbrücke eine Stimmung wie im Zauberreich. Um siebzehn Uhr würde der Posaunenchor der evangelischen Kirchengemeinde vor der Martin-Luther-Kirche weihnachtliche Bläsermusik zum Besten geben und damit die

Veranstaltung eröffnen. Die Turmkerze auf dem Neuenahrer Berg würde am Samstag bei gutem Wetter wieder aufflammen und Besuchermassen zu den hübsch gestalteten Hütten und Pagodenzelten mit winterlichen Schmankerln aufbrechen.

Seelenruhig ließ Julius den Pressetermin an seinem Stand über sich ergehen und gab sogar dem Lokalfernsehen ein Interview. Das Gespräch lief wunderbar – bis seine Mutter auftauchte.

»Lassen Sie mich mal durch, das ist mein Sohn.« Und sie war nicht allein, nein, das Duo des Grauens tauchte vor Julius' Trüffelnudeln auf. Im Schlepptau hatte seine Erzeugerin nämlich Annemarie.

»Julius, wir müssen jetzt das Menü besprechen, Annemarie ist schon ganz durch den Wind!«

»Also, eigentlich …«, setzte Annemarie an, doch weiter kam sie nicht.

»Du kannst eine Verwandte nicht so lange warten lassen! Die Arme steht ja ganz blamiert da, ständig wird sie gefragt, was es bei ihrem Geburtstag zu essen gibt, und sie kann nichts dazu sagen.«

»Bisher hat außer dir eigentlich noch keiner …«, versuchte Annemarie dazwischenzukommen. Erfolglos.

Die Fernsehkamera lief die ganze Zeit.

»Julius, du sagst der Annemarie jetzt sofort, was du kochen wirst. Vorher gehen wir nicht weg.«

Julius sah schon die Schlagzeilen vor sich: »Drama bei den ›Uferlichtern‹ – Blamiert Julius Eichendorff seine Familie?«

»Wie wäre es mit einem großen Büfett?«

Julius' Mutter hatte schon tief Luft geholt. »Also, das ist, das ist ja …«

»… wunderbar!«, ergänzte Annemarie ungefragt. »Und keinen Schnickschnack, das mag ja nicht jeder so. Lecker soll es sein. Und viel. Muss halt nach was aussehen. Und jeder soll satt werden, nicht wie bei deiner Sternekocherei. Rindfleisch, Geflügel, Fisch, für jeden was dabei. Und vorher vielleicht ein Gulaschsüppchen, kannst du das? Und die Freundin vom Kai ist Vegetarierin, da machst du vielleicht überbackenen Brokkoli. Kartoffelgratin kann die ja auch essen.« Annemarie strahlte. »Wunderbar, alles geregelt, so machen wir das! Und jetzt bekomme ich einen von deinen Fruchtpunschs. Der geht aufs Haus, oder? Ach, was frage ich, natürlich geht der aufs Haus!«

Wenn einer Julius' Mutter im Totquatschen schlagen konnte, dann war es Annemarie. Er goss beiden eine große Tasse Punsch ein, drückte ihnen auch noch zwei Teller mit Trüffelnudeln in die Hand und tat dann unglaublich beschäftigt an der Großpfanne. Die Damen trollten sich, und auch das Fernsehteam machte sich auf den Weg zur nächsten Attraktion – dem kahlköpfigen Feuerspucker.

Ein Blick auf die Uhr verriet Julius, dass er schon in fünf Minuten wieder wegmusste. Hoffentlich sprach ihn nicht noch jemand Wichtiges an. Allerdings knubbelten sich Jemand-Wichtige an diesem Abend rund um die winterliche Kurgartenbrücke.

Plötzlich lichtete sich der Menschenfluss um Julius' Stand etwas, irgendwo fand vermutlich etwas Interessantes statt. Kunstflöten vielleicht oder ein tanzender Hund. Zudem stand der Wind günstig, und so kam es, dass er die Stimme seiner Mutter hören konnte, die etwas entfernt stand, in direkter Nähe der Feuerzangenbowle.

»Das ist ja wohl das eifersüchtigste Weibsstück, das jemals auf Erden wandelte.«

»Da sagst du was.« Das war Annemarie.

»Weißt du noch, wie die damals ihrem Freund, wie hieß der noch, der hat in der Poststraße gewohnt, in dem großen Haus, der Bruder hat jetzt diese Autowerkstatt, der Hans-Uwe, genau, dem hat die mal ganz schlimm das Gesicht zerkratzt, als der mal eine andere geküsst hatte.«

»Warst du damals nicht die andere?«

»Ach, das weiß ich doch heute nicht mehr.« Julius' Mutter schnaubte.

»Ich bin mir ganz sicher, dass du das warst.«

»Darum geht es doch jetzt gar nicht! Dieses Weib hat den Teufel in sich, ich sag es dir.«

»Hast ja recht. Aber reg dich nicht so auf, das ist schlecht fürs Herz. Sollen wir uns noch einen schönen Glühwein gönnen? Der würde uns jetzt richtig guttun.«

Die beiden setzten sich in Bewegung und waren nun zu weit entfernt, als dass Julius noch etwas hätte verstehen können. Doch das brauchte er auch nicht. Seine Augen hafteten an der Frau, über die seine Mutter und Annemarie gesprochen hatten. Jetzt, wo sie in einem Lichtkegel stand, hatte er keinen Zweifel mehr: Es war Katharina Lorenz, Huberts Witwe.

Und sie schien sich blendend zu amüsieren.

Einige Stunden später standen Annas Trüffelnudeln kalt und unangetastet vor Julius auf dem Küchentisch. Wenn sie sein Essen nicht anrührte, war sie wirklich sauer. Aber nicht nur deswegen war Julius noch wach. Die Essensübergabe hatte zwar problemlos geklappt, doch er konnte nicht aufhören, den Zettel in seiner Hand anzustarren. Es war nicht der mit den neuen Rezepten, die diesmal vom Düsseldorfer Franzosen Camille Touraine stammten (Paris-Kyoto, gegrillte Gauthier-Taube in Schnepfenjus, in Jasminblüten gedämpfter Hummer, Rebhuhn mit kandierten Früchten). Es war ein ... Bonus-Zettel. Er hatte den neuen Rezepten beigelegen.

Und die Handschrift war eine andere.

Anna kam im Pyjama die Treppe herunter und lehnte sich mit verschränkten Armen an den Rahmen der Küchentür. Julius schaffte es gerade noch rechtzeitig, den Zettel zu verstecken.

»Kommst du jetzt endlich oder brauchst du eine schriftliche Einladung? Ich bin zwar immer noch sauer auf dich, und das Thema ist längst nicht durch, aber ich habe kein Schlafzimmerverbot ausgesprochen. Was soll das also jetzt?«

»Nix, ich kann nur nicht schlafen. Die ›Uferlichter‹ waren stressig.«

Anna zog einen Küchenstuhl vor und setzte sich neben ihn.

»Aber nicht für dich. FX hat mir erzählt, dass du schnell wieder zurück in die Küche musstest.«

»Es war nervlich stressig.«

»Wegen des Fernsehauftritts mit deiner Mutter?« Anna lächelte müde. »Warum tretet ihr eigentlich nicht gleich als Comedy-Duo auf? ›Was kochst du?‹ mit den Eichendorffs. Ihr wärt der Quotenhit. – Was versteckst du denn da hinter deinem Rücken?«

»Nichts. Geh schlafen, ich komm sofort nach.«

»Jetzt zeig schon her. Ich geh nicht, ehe ich es nicht gesehen habe.«

Julius merkte, wie sie mit ihren schlanken Fingern dem Ziel näher kam. Ehe er seine Hand wegziehen konnte, nahm sie ihn in den Polizeigriff, und zack, hatte sie ihre Beute. Es war mies und unfair, aber leider erfolgreich.

Sie las den Zettel kopfschüttelnd vor:

Kochen Sie diesmal schlecht. Es soll ihr Schaden nicht sein. Aber nicht an den Zutaten sparen, nur beste Ware.

»Was soll das bedeuten? Wer hat das geschrieben? Und warum versteckst du es vor mir?«

»Lass uns schlafen gehen.« Julius gab ihr einen Kuss auf die Wange.

»So nicht, Freundchen. Ich verstehe nicht, warum jemand schlechtes Essen von dir will.«

»Geht mir genauso, deswegen grübele ich ja darüber.«

»Wo hast du den Zettel denn her?«

»Gefunden, in meinem Briefkasten.« Das entsprach sogar der Wahrheit.

Anna zerstrubbelte ihm die Haare – obwohl es da nur wenig zu zerstrubbeln gab. »Mach dir keinen Kopf um so was. Da hat sich einer einen schlechten Scherz mit dir erlaubt. Komm jetzt hoch ins Bett, oder ich ruf FX an, damit er mich wärmt.«

Julius war selbst verwundert, wie schnell er die Treppe hochrannte.

Die neuen Gerichte mussten erst am Abend fertig sein, sodass Julius endlich Zeit hatte, Karl-Philipp Mut im Rheingau zu besuchen. Er war fraglos ein Verdächtiger, nicht weniges sprach gegen ihn. Der Winzer hatte einen Streit mit Hubert gehabt, und wie die meisten seiner Zunft liebte er gutes Essen – wie das von dem Erpresser bestellte. Anna hatte Julius jedoch erzählt, Mut sei völlig unverdächtig, und hinzugefügt, er solle, nein, er dürfe sich keine Gedanken mehr über den Mord machen. Sie habe alles im Griff, auch wenn es im Moment nicht danach aussehe.

Julius drückte auf die Klingel des zitronengelb gestrichenen Weinguts, das mitten in den winterlich kahlen Weinbergen Oestrich-Winkels stand. Er drehte sich um und ließ seinen Blick schweifen, denn er schätzte den Rheingau sehr, diese altehrwürdige Weingegend, die sich vor allem zwischen Bingen und Wiesbaden erstreckte. Hier herrschte König Riesling, die edelste Weißweinrebe der Welt, doch auch der Spätburgunder reifte in der Region. Fast alle Weinberge hatten Südlage und blickten hinab auf den mächtig vorbeiströmenden Rhein. Ein klimatischer Trick half dem Weinbau hier auf die Sprünge: Der hohe Taunus schützte den Rheingau vor übermäßigen Regenfällen. Rebstöcke hassten nasse Füße.

Wenn es einen Wein gab, den man im Rheingau trinken musste und den Julius immer auf der Karte hatte, dann war es die Spätlese – im Jahr 1775 dank eines verspätet mit der Lese-Erlaubnis eintreffenden Kuriers entdeckt. Nicht nur deswegen wurde Tradition hier großgeschrieben. Leider hatten sich einige Güter jedoch zu sehr auf dieser ausgeruht, und der Rheingau hatte sich von anderen Regionen den Rang ablaufen lassen. Viele der prachtvollen Weingüter wankten längst – nicht jedoch das des biodynamischen Pioniers Karl-Philipp Mut.

Der ihm nun die Tür zur Vinothek öffnete.

»Herr Eichendorff, kommen Sie rein.« Mut trug dreckige Weinbergskleidung und eine verwaschene Baseballcap. »Haben Sie gut hergefunden?«

Julius ließ sich darauf ein, erst einmal in Ruhe nette Nichtigkeiten auszutauschen. Er erzählte von seiner staufreien Fahrt, äußerte sich bewundernd über das Weingut und bejahte die Frage, ob er gerne etwas probieren wolle. Doch er musste schnell zum Punkt kommen, denn heute Abend galt es noch … fremdzukochen. Er würde Mut seinen Streit mit Hubert auf den Kopf zusagen, beim Boxen nannte man solch eine Aktion eine Gerade. Und jetzt war die Gelegenheit dazu besonders günstig, denn andere Kunden hatten sich zu ihnen gesellt. Vor Publikum wurden alle schnell nervös, die etwas verbrochen hatten.

»Ihre Weine sind großartig, auch wenn ich ihnen in meinem Keller allesamt noch etwas Zeit zur Reife gönnen würde – aber ich bin noch wegen etwas anderem hier. Es geht um ...«

»Sie müssen nicht weiterreden, Herr Eichendorff. Ihr Ruf ist mir bekannt. Sie suchen Huberts Mörder, und wenn Sie so gut sind, wie man sich erzählt, dann wissen Sie auch über mich Bescheid. Ich bin verdächtig. Lassen Sie uns mit hochgeklapptem Visier darüber reden, ich schätze ein offenes Wort. Aber wir sollten woanders hingehen. Ich möchte Ihnen etwas zeigen. Ich rufe nur kurz noch meine Frau, damit sie sich um die Herrschaften hier kümmert.«

Nur drei Minuten später führte ihn Mut in den Weinkeller und weiter zu einer Tür an dessen Ende, hinter der Dunkelheit lag, als er sie öffnete.

Obwohl Mut hinter Julius stand und er nicht sehen konnte, was der Winzer dort trieb, hatte er keine Angst, gleich eine übergezogen zu bekommen. Mut wirkte wie ein Überzeugungstäter, sehr gefestigt in seiner Weltsicht, aber er wirkte nicht wie ein Killer.

Es klickte.

Und das Licht ging an.

Vor Julius standen riesige, fast mannshohe Ton-Amphoren, sicher dreißig Stück, alle in Stahlwannen, die bis knapp über die Hälfte mit Erde gefüllt waren, welche genauso aussah wie der Boden in Muts Weinbergen.

»Kvevri«, stieß Julius aus, denn er kannte den Namen dieser außergewöhnlichen und sehr seltenen Weingefäße. Sie hatten nichts mit Muts biodynamischer Arbeitsweise zu tun, obwohl auch sie zu ursprünglicheren, natürlicheren Weinen führen sollten. In ganz Deutschland gab es keine Handvoll Winzer, die sie verwendeten.

»Sie sehen mich beeindruckt!«, sagte Mut anerkennend. »Die meisten denken, ich hätte meine Blumentöpfe ein paar Nummern zu groß gekauft. Diese Kvevri hier kommen aus dem Dorf Shrosha in der Provinz Imereti, das liegt in einem Hochgebirge im Westen Georgiens. Es gibt nur noch zwei alte Männer, die das Handwerk richtig beherrschen. Die große georgische Tradition der Kvevri steht somit vor dem Aussterben. Traurig, oder?«

Die Form der Amphoren hatte eine natürliche Schönheit, ihr Schwung schien auf merkwürdige Art organisch, und ihre tönerne Farbe hatte etwas ausgesprochen Beruhigendes. Julius musste einfach eine davon berühren.

»Ihre Hand liegt auf siebentausend Jahren Weinbautradition, Herr Eichendorff«, dozierte Mut. »Zurzeit geht man davon aus, dass der Weinbau, und damit meine ich den Weinbau überhaupt, in den fruchtbaren Tälern des Südkaukasus seinen Anfang nahm. In dem Landstrich, der heute Georgien heißt. Ursprünglicher kann man Wein nicht machen. Eigentlich werden die Kvevri im Boden vergraben, doch ich stelle sie lieber auf. Aber ansonsten ist alles wie im Altertum.«

Julius drehte sich zu ihm. »Warum zeigen Sie mir die Amphoren? Was haben sie mit Hubert zu tun?«

»Wollen Sie einen Schluck probieren?« Mut griff sich zwei Gläser, die umgedreht auf einem kleinen Holztisch neben dem Eingang standen. »Meinen ersten Kvevri-Wein habe ich vier Jahre in der Amphore reifen lassen und die meiste Zeit völlig sich selbst überlassen. Er vergärt mit den Schalen und eigenen Hefen, selbst beim Weißwein.« Mut löste den Verschluss einer Amphore und saugte mit einem Schlauch Wein heraus. »Die anderen sind alle fest verschlossen, aber die hier brauche ich zum Überprüfen des Reifestandes.« Er reichte Julius ein gefülltes Glas.

Der Wein sah irgendwie antik aus, rotgolden schimmernd, kein Wunder, war er doch oxidativ, also mit Lufteinfluss, ausgebaut wie ein Sherry. Er roch nach Kräutern, Aprikose, aber auch nach, nun ja, Gummi und Gemüse. Julius nahm trotzdem einen Schluck. Am Gaumen war der Tropfen ungemein stoffig mit vielen Gerbstoffen, wie man sie bei Weißweinen nicht kannte. Ein massiver, wilder Bursche. Spaß machte er nicht direkt, aber faszinierend war er zweifellos.

»Das ist Riesling«, sagte Mut mit einem Grinsen. »Wären Sie in einer Blindprobe nicht draufgekommen, oder?«

Julius schüttelte den Kopf. »Ich glaube es selbst jetzt noch nicht. Verraten Sie mir nun endlich, was Hubert mit diesen Kvevri zu tun hat, oder muss ich noch mehr von dem Wein trinken?«

Mut nahm Julius das Glas aus der Hand und goss den Rest zurück in die Amphore.

»Ich habe Hubert zinsfrei Geld für seine biodynamische Bäckerei geliehen, weil ich das für eine sehr gute Idee gehalten habe – und es auch immer noch tue. Aber das war vor fünf Jahren, und ich brauchte mein Geld dringend zurück. Der neue Jahrgang ist vierzig Prozent geringer ausgefallen als normal, und ich muss die Kvevri hier noch bezahlen. Eine 1.500-Liter-Amphore kostet dreitausend Euro – plus Steuern, Spedition und Versicherung. Mir steht die Bank schon auf den Füßen. Hubert hat mich hingehalten und immer wieder vertröstet. Bis ich ihm gesagt habe, dass er eben einen Bankkredit aufnehmen müsste, wenn er kein Geld flüssig hätte. Seine Bäckerei lief schließlich gut, und ich hatte ihm das Geld sowieso nur für zwei Jahre geliehen. Da wurde er wütend, sprach von Vertrauensbruch.« Mut holte tief Luft, es schien ihn noch immer zu ärgern.

»Haben Sie ihn in der Mordnacht getroffen?«

»Nein.« Mut schüttelte entschieden den Kopf. »Aber am Tag davor, da ist das mit dem Streit passiert.«

»Um wie viel Geld ging es eigentlich?«

»Fünfzigtausend Euro.«

»So viel strecken Sie einem Freund vor, der keine Sicherheiten hat?«

»Er hatte Talent und Begeisterung.«

»Sie glauben wirklich an das Gute im Menschen.«

»Ist es etwa besser, wenn man an das Schlechte glaubt?« Mut führte Julius zur Tür und löschte das Licht.

»Sie haben das Ganze sicher schriftlich fixiert. Das entlastet Sie, denn solch einen Anspruch kann man gerichtlich durchsetzen, dafür muss man keine Gewalt anwenden.«

»Ich habe etwas schriftlich, aber ob der Rechtsanwalt von Huberts Witwe das anerkennt, ist eine andere Frage. Sie sehen, ich profitiere nicht von Huberts Tod, ganz im Gegenteil. Wenn überhaupt jemand etwas davon hat, finanziell meine ich, dann seine Frau, die nun vielleicht um die Rückzahlung der Schulden herumkommt. Dass es um die Ehe nicht rosig stand, wissen Sie sicher.«

Mut hängte den Schlauch über einen Haken und wusch seine Hände unter fließend Wasser.»Tja, das wäre es von mir. Jetzt muss ich mich auf den Weg machen, heute Abend habe ich eine Veranstaltung mit Josko Gravner in der ›Krone‹.«

Julius war der italienische Winzer ein Begriff, Gravner war eine Legende und der bekannteste Verfechter der seltenen Kvevri-Methode, die auch in Europa nur wenige Spitzenwinzer durchführten. Er schenkte Mut ein bewunderndes Nicken.

Vor der Heimfahrt kaufte Julius noch sechs Flaschen des Amphorenweines. Nicht weil er ihm schmeckte, sondern weil er in Karl-Philipp Muts Büro wollte, um ein Schreiben zu finden, auf dem er dessen Handschrift sehen konnte. Ein Einkaufszettel erfüllte den Zweck. Doch so genau er auch auf das Wort»Rotkohl« schaute, es sah nicht aus wie die Schrift auf den Drohbriefen. Auch nicht wie die, mit der er darum gebeten worden war, miserabel zu kochen.

Die Sonne sandte die letzten hellen Strahlen des Tages aus, sie schienen schon von der Melancholie der kommenden Nacht durchdrungen. Es kam Julius vor, als würde die Welt noch einmal einen langen Atemzug nehmen, bevor sie die Augen schloss.

Seine Augen dagegen blieben offen und blickten auf das erpresste Menü.

Er hatte *versucht*, schlecht zu kochen.

Zumindest bei einem Gang hatte er sich fest vorgenommen, zu viel Salz hineinzugeben, den Garzeitpunkt des Fleisches knapp zu verfehlen, das Gemüse weich werden zu lassen – doch er war kläglich gescheitert. Es widersprach einfach allem, was er gelernt hatte und was ihm heilig war. So wie Katzen einen Buckel machten, wenn ihnen etwas gegen den Strich ging, so musste Julius ein Gericht retten, selbst wenn ein Erpresser ihm anderes befahl. Egal wie oft der Schreiber noch von ihm forderte, schlecht zu kochen, Julius würde es nicht tun. Eher würde er seine Mutter bei sich einziehen lassen. Und näher konnte man der Hölle auf Erden nicht kommen.

Deshalb ging er erhobenen Hauptes zur Telefonzelle an der Landskroner Straße, aus der genau zur angekündigten Uhrzeit ein Klingeln zu hören war. Der Mann am anderen Ende der Leitung ließ ihn nicht mal seinen Namen nennen. Und seine Stimme klang wütend.

»Sie haben mit der Polizei gesprochen!«

Was sollte das denn jetzt? »Nein, habe ich nicht. Ich habe mich genau an unsere Abmachung gehalten.«

»Ach ja? Wieso kam dann eben in den Lokalnachrichten, dass bei Ihnen ein wertvolles Kochbuch gestohlen wurde? Warum haben Sie nicht Ihren verdammten Mund gehalten? Sie sind selber schuld.«

»Woran bin ich selber schuld?«

»Gehen Sie zum Mülleimer. Ich rufe gleich wieder an.«

Julius machte sich mit langsamen Schritten auf den Weg. Sein Magen sagte ihm, dass etwas nicht stimmte (er krampfte sich zusammen), auch seine Knie (sie wurden weich), sein Herz (es schlug schneller) – und seine Nase (sie nahm Rauch wahr).

Alle hatten sie recht.

Mit klammen Händen griff Julius in die Tonne. Darin lagen verkohlte Seiten aus seinem Kochbuch. Ein ganzes Bündel. Julius konnte an einer Seite, die am Rand nicht völlig versengt war, erkennen, um welches Kapitel es sich handelte. Auf dem zwischen seinen Händen zerfallenden Papier stand »Cremesuppe von der Brunnenkresse«.

Warum Suppen, warum gerade Suppen? Mit deren Kreation hatte er seit seiner Lehrzeit Probleme. Weil ihm Herr Bimmel durch sein Schnurren half, ging es mittlerweile etwas besser, doch selbst der geniale Katzenkomponist traf nicht immer die richtige Tonlage.

Unter den unwiederbringlich zerstörten Seiten lag der Computerausdruck einer Webseite des Bonner Generalanzeigers. Datum von heute. Der Erpresser hatte recht. Da stand es, schwarz auf weiß. Als Quelle für die Information wurden gut unterrichtete Kreise genannt. Wer um alles in der Welt konnte das sein? Es wusste doch niemand von dem Diebstahl!

Das Telefon klingelte wieder.

»*Ich habe nicht mit der Polizei geredet!* Ich bin nicht die gut unterrichteten Kreise!«

»Dann haben Sie mit jemandem geredet, der mit der Presse gesprochen hat. So oder so: Sie konnten Ihr Maul nicht halten, Herr Eichendorff. Noch so eine Sache, und ich übergebe die Desserts den Flammen!«

Oh nein, nicht die Desserts! Anna würde ihn umbringen. Oder schlimmer noch: verlassen!

»Bringen Sie das Essen umgehend zum Eingang des Kurparks Bad Bodendorf. Dort wird Sie jemand ansprechen. Übergeben Sie den Karton und verhalten Sie sich, als wäre dies nichts Besonderes. Wenn Sie dem Boten folgen, brennen weitere Seiten. Sie haben gesehen, dass ich nicht lange fackele.« Ein kurzes, trockenes Lachen war zu hören. »Schnell, sonst wird das gute Essen noch kalt!«

Klick.

Einfach Klick.

Julius war wütender als in der ersten Klasse, als ihn seine Mutter gezwungen hatte, vor den feixenden Klassenkameraden sein Pausenbrot mit ekliger Rhabarber-Rote-Bete-Marmelade aufzuessen. Was für eine Demütigung. Die hatte sie selbst gemacht, und keiner mochte sie essen – nicht einmal seine Mutter selbst.

Schnell machte sich Julius auf den Weg zu seinem Käfer, schaffte es irgendwie, die grüne Styroporbox, ohne umzukippen, auf den Rücksitz zu bugsieren, und tuckerte Richtung Bad Bodendorf.

Es war nicht weit, schon das übernächste Dorf. Julius parkte und stellte sich wie befohlen an den Eingang des Kurparks. Es war nicht viel los, um nicht zu sagen toteste Hose. Die Kälte nagte wie eine hungrige Maus an seinen Zehen, Julius bewegte sie unentwegt, um das frostige Tier loszuwerden. Wer würde wohl der hinterfotzige Bote sein, dem er das Essen übergeben musste? Und wie würde er sich unkenntlich machen? Mit einer übers Gesicht gezogenen Kochmütze mit Augenlöchern?

Plötzlich parkten drei Wagen neben ihm, und heraus stiegen die Wine-Walkerinnen. Julius hatte sich an den Anblick dieser Sporttreibenden immer noch nicht gewöhnt. Dabei war die Region Ahr-Rhein-Eifel mittlerweile der größte »Nordic Fitness Park« Europas. Sollte der größte Nordic Fitness Park Europas nicht irgendwo in Nordeuropa liegen? Wäre das nicht angebracht? Würden die Nordmänner irgendwann aus Rache ins Tal einfallen und allen Nordic Walkern ihre Stöcke zerbrechen? Und die Rathäuser stinksauer mit messerscharfen Knäckebroten sowie ranzigem Fisch beschießen?

Nachdem sie ihre Stöcke angelegt hatten, walkten sie los, zügig an Julius vorbei.

Doch nicht alle. Eine der Damen hielt an. Es war Gabi Gith. »Ah, da ist ja das Paket! Na, geben Sie mal her, Herr Eichendorff.« Sie nahm es ihm aus der Hand. »Boah, das ist aber schwer. Das hat er uns nicht gesagt.«

»Wer?«, fragte Julius. »Wer hat Ihnen das nicht gesagt?«

»Na, so ein Mann, wie hieß er, Schneider. Der hat uns gesagt, dass Sie hier auf uns warten würden. Wir müssten nur das Paket mitnehmen, dafür würde er uns einen Karton von August Herolds bestem Rotwein ausgeben – das haben wir uns natürlich nicht zweimal sagen lassen.«

»Und Sie haben sich nicht gewundert, warum er das Paket nicht selber abholt?«

»Na ja, er saß im Rollstuhl und musste wohl dringend zum Arzt. Sah aber irgendwie nicht echt aus, das Ganze ist wohl eher eine Art Scherz unter Männern, was, Herr Eichendorff? Weiß der Himmel, was das Testosteron immer mit euren Hirnen anstellt.«

»Und wie sah er aus?«

»Na, das müssen Sie doch am besten wissen, er hat das Essenspaket ja bei Ihnen bestellt.«

So langsam verlor Julius die Nerven. »Das lief alles telefonisch.«

»Gaaaabiii-Liebchen«, rief eine der anderen Walkerinnen, die sich die Wartezeit mit Dehnen vertrieben hatten. »Wir müssen los, sonst werden die Muskeln kalt.«

»Ja, ich komme!«

Julius hielt sie am Arm zurück. »Wie sah er denn nun aus?«

»Kann ich nicht genau sagen, er hatte Schal und Sonnenbrille auf und dazu noch so eine Altherrenmütze. Ach ja, er hat gesagt, dass er Sie heute Abend um Punkt acht Uhr anruft. Tschüss jetzt! Wir müssen die kleine Maranatha-Strecke absolvieren.«

»Wo bringen Sie den Karton denn hin?«

»Darf ich Ihnen nicht verraten! Das gehört auch zum Spiel, oder?«

Irgendwie schon, dachte Julius, leider zu einem tödlichen.

Er wartete einige Minuten, dann entschied er, dass es ihm egal war, was der Erpresser verlangt hatte. Er ging den Frauen hinterher. Beziehungsweise walkte. So gut er konnte. Julius war nicht so der Walker. Er war noch nicht mal ein Geher. Er war ein überzeugter Steher, noch lieber ein Sitzer und am allerliebsten ein Nordic Lieger.

Aber das ging jetzt nicht. Die Damen legten ein zügiges Tempo vor. Aber Julius würde sich nicht abhängen lassen, er würde ihnen schon zeigen, wozu ein Sternekoch fähig war. Jawoll!

Es ging links am Thermalbad vorbei Richtung Ahrbrücke, dann passierte er den Schwanenteich zum Sinziger Mineralbrunnen. Julius bekam plötzlich keine Luft mehr und hatte das Gefühl, ein irrer Professor habe ihm die Lungenflügel durch einen löchrigen Blasebalg ersetzt. Bei der OP hatte der Spinner gleich noch die Beinmuskulatur durch Wackelpudding ausgetauscht. Doch er würde es schaffen, auch wenn die Welt schwankte, als wäre sie eine Schiffschaukel! Auch ohne ausreichend Luft würde er … das konnte doch nicht wahr sein! War das wirklich ein Pralinenstand da vor ihm an der Ecke? Pralinen brauchte er jetzt mehr als alles andere, um seinen Körper wieder in ein schokoladiges Gleichgewicht zu bringen. Es waren nur noch wenige Schritte – und sie hatten Macadamianuss-Trüffel! Julius roch schon ihren köstlichen Duft, er rannte, streckte die Hand danach aus …

… und kippte um.

Es gab keinen Pralinenstand. Es war eine Schoko Morgana gewesen. Entstanden durch Sauerstoffmangel. Julius lag rücklings am Boden und stieß wütend einen Schrei aus, die Welt im Ganzen verfluchend. Er musste wieder joggen, vor Jahren noch war er richtig fit gewesen. Aber es hatte nicht lange angedauert. Seine Rettungsringe hatten einfach zu viel Sehnsucht nach ihm gehabt. Das Eheleben war süß, und Süßes ging immer auf die Hüften.

Gabi Gith hatte seinen Schrei gehört und drehte sich um.

»Also, Herr Eichendorff! Sie dürfen uns doch nicht folgen. Zur Strafe kommen wir heute Abend alle in Ihr Restaurant, und Sie müssen uns umsonst verköstigen. Bis dann!«

Und weg war sie.

Und weg war seine Chance, den Erpresser zu stellen.

Julius ahnte, dass er keine weitere bekommen würde.

VIER

»Die größten Köche und
die größten Ärzte arbeiten ohne Rezepte.«
Gerhard Kocher

FX legte ein Geständnis ab. Vollständig und unter Tränen. Er habe sich nichts dabei gedacht und ja nicht ahnen können, was sich daraus entwickeln würde, es tue ihm so schrecklich leid. Er würde ein ganzes Jahr umsonst arbeiten. Mindestens.

»Und keine Witze mehr über mein Essen«, ergänzte Julius, der gerade erst das Probekochen für Annemaries Büfett beendet und alles im Restaurant aufgebaut hatte.

»Keine Witze über dein Essen net.«

»Außerdem ist über alle meine Witze zu lachen. Besonders über die unlustigen.«

»Da die in der Mehrzahl sind, is des arg viel verlangt.«

»Außerdem äffst du mich nicht mehr nach.«

»Außerdem äffst du mich nicht mehr nach. Oh, 'tschuldigung, des war ein Reflex. Kommt net wieder vor.« Unglaublich, wie täuschend echt FX Julius mittlerweile nachmachen konnte, sein wienerischer Akzent verschwand völlig, und er klang wie ein Ahrtaler Koch von barockem Körperumfang.

»Zusätzlich Katzen kraulen, mindestens einmal am Tag.«

»Des ist net fair.«

»Keine Widerworte!«

»In Ordnung, aber jetzt is auch gut.«

Julius zerriss die Zeitung mit der Meldung über das gestohlene Kochbuch und nahm den alten Freund in den Arm. »Und in Zukunft hältst du deinen schwatzhaften Mehlspeisenschnabel.«

»Ich halt mei Gosch'n, versprochen.« FX klopfte Julius fest auf den Rücken. »Ich hab denen nur erzählt, dass ein Kochbuch gestohlen worden is, noch net einmal, welches. Des schien alles ganz harmlos, bloß ein kurzes Telefongespräch.«

»Wir reden nicht mehr drüber«, sagte Julius. »Jetzt muss ich mich schnell umziehen. Annemarie und meine Mutter kommen gleich zum Probeessen.«

»Des«, sagte FX leise, »is net ganz wahr. Des Fräulein Annemarie wartet bereits.«

»Aber warum hast du mir dann nicht eher …?«

»Ich musst mir halt vorher meine Untaten von der Seele reden.«

»Die alle abzuarbeiten wäre ein Jahrhundertwerk.«

»Ich bitte doch sehr!«

»Schlechter Witz«, sagte Julius breit grinsend.

»Ahahahaha«, lachte FX gequält. »Großartig, Maestro, des is zum Schreien komisch. Leiwand, einfach leiwand.«

»Das geht noch besser.«

»Ich werd dran arbeiten.«

»So ist's recht!«

Julius tätschelte dem mit gesenktem Kopf vor ihm dahinschleichenden FX aufmunternd die Schulter und setzte sein strahlendstes Lächeln auf für die Begegnung mit Annemarie. Eigentlich konnte sie von seinen Menü-Vorschlägen nur begeistert sein. Julius hatte etliche Klassiker der kalten und warmen Büfett-Küche aufgeboten. Von Rinderbraten, Blumenkohl mit Sauce hollandaise bis Kroketten und Heringssalat. Besonders stolz war er auf den Käseigel – auch wenn dieser nicht ansatzweise so groß war wie der, den sein alter Freund Adalbert Bietigheim vor Kurzem im Burgund auf die Beine, beziehungsweise die Zahnstocher, gestellt hatte.

Als sie Julius sah, klatschte Annemarie freudig die Hände zusammen.

»Da bist du ja endlich! Ich warte hier sicher schon eine Ewigkeit!« Sie gab ihm trotzdem einen dicken Schmatzer auf die Wange. »Deine Mutter lässt sich entschuldigen, sie hat ganz schreckliche Kopfschmerzen – Migräne, wenn du mich fragst, ich kenn das nur zu gut. Da leide ich schon seit Jahren, ach was, Jahrzehnten drunter. Das sind Schmerzen, die kann sich ein Mann gar nicht vorstellen.«

Vermutlich verarbeitete seine Mutter noch ihre Niederlage im Dauerquatschen gegen die Kreismeisterin Ahrweilers. Die stürmte nun zum Büfett mit so stechendem Schritt und strengem Blick wie der Feldmarschall beim Morgenappell. Dann probierte sie schweigend. Doch ihre Räusperer wurden immer lauter und unzufriedener.

»Das ist ja alles gut und schön, Julius, du hast dir wirklich sehr viel Mühe gegeben, aber da fehlt überall noch was. Egal ob bei den Suppen oder den Salaten, es ist überall das Gleiche.«

»Was fehlt denn?«

»Maggi.«

»Maggi?«

»Und was Fondor. Sonst schmeckt das ja alles nach nix. Hier zum Beispiel die Gurken, die schmecken nach … Gurken.«

»So hat es der Herr im Himmel vorgesehen.«

»Aber nicht auf meiner Feier! Musst nicht beleidigt sein, Julius, kannst du nix für, kennst dich ja mit Büfetts nicht aus, du kochst ja hier nur diese kleinen Portionen. Ich sag immer: Man kann nicht alles wissen, aber man muss immer bereit sein, dazuzulernen. Und wo wir gerade dabei sind, noch eine Kleinigkeit: die Karotten.«

»Schmecken zu sehr nach Karotten? Sollen Sie lieber nach Schweinefüßen schmecken?«

»Red doch keinen Blödsinn! Da musst du Rosen draus schnitzen, wie im Chinarestaurant. Kannst du das? Wenn nicht, musst du dir irgendwo einen Asiaten dafür holen. In Neuenahr gibt es welche.«

Julius notierte alles. Sein Gehirn würde es sich nämlich nicht merken können. Beim Versuch, solchen Blödsinn zu memorieren, würde es auf der Stelle durchschmoren. Mit was für einer Verwandtschaft hatte Gott ihn nur geschlagen? Aber die, die er liebt, prüft er ja bekanntlich am härtesten.

»Schreib gleich noch auf«, ergänzte Annemarie, »dass wir eine große Portion Mett brauchen und Zwiebeln auf einem Tellerchen, wo man das Brötchen dann selber reindrücken kann. Und den Kartoffelsalat machst du am besten rheinisch und nicht so wie den da.«

»Der da« war fränkisch und deutlich besser für die Linie. Doch das war anscheinend nicht gewünscht.

»Soll ich ihn so richtig dick mit Salatsauce machen, dass die Kartoffeln fast drin ertrinken?«

»Genau so! Ich nehm immer Miracel Whip.«

Ironie funktionierte nicht, das hätte er wissen müssen. »So machen wir es, allerliebste Anverwandte. Und jetzt muss ich leider wieder von deiner Seite weichen und kochen.«

»Du bist ja ein richtiger kleiner Charmeur. Die Ehe tut dir gut. Also bei meinem Günther war das ganz …«

Julius hob schnell die Hand zum Abschied und flüchtete ins sichere Hinterland namens Küche.

Wobei es dort heute überhaupt nicht sicher war.

Zwar hatten die Wine-Walkerinnen ihre Drohung nicht wahr gemacht, doch die passionierten Gourmets Lars Fröhlich und Dr. Winkelberg waren wieder da – und diesmal nicht allein. Wie sich herausstellte, gehörten sie einem Männer-Kochclub an, der regelmäßig zusammen essen ging. Heute waren sie bei Julius, und natürlich hatten sie unzählige Sonderwünsche und Lebensmittelallergien, die vergessen worden waren anzumelden. Julius war keine halbe Stunde in der Küche, da teilte ihm FX mit, dass sie sich sehr freuen würden, ihn an ihrem Tisch begrüßen zu dürfen. Die Uhr zeigte bereits kurz vor acht, bald musste er hinaus zur Telefonzelle, um neue Befehle entgegenzunehmen. Wie lange würde das noch so gehen? Würde er den Rest seines Lebens für einen Irren kochen müssen?

Julius richtete kurz seinen Haarkranz vor dem Küchenspiegel und trat an den Tisch des Kochclubs.

»Meine verehrten Freunde: Julius Eichendorff, das Genie in Person!« Fröhlich erhob sich und deutete auf Julius, als wäre dieser ein Gefrierschrank im Sonderangebot.

Die Herren klatschten stilvoll und nickten gönnerhaft.

»Ein köstlicher Beginn, Herr Eichendorff«, sagte Fröhlich fast jubilierend. »Sie haben es wieder einmal geschafft, sich beim Gruß aus der Küche selbst zu übertreffen, obwohl ich nach jedem Besuch denke, dass dies unmöglich ist.«

»Ich gebe mein Bestes.«

»Für mich sind Sie der Größte – und da werden mir sicher fast alle meine Vereinskollegen zustimmen.«

Es wurde auf die Tischplatte geklopft.

Als Nächstes sprach Dr. Winkelberg. Der Anästhesist mit der Stimme wie Baldriantee. »Ihr Ossobuco mit Spätburgundertrauben ist in unserem Kreis Legende, ebenso das paradiesische Eifeler Reh mit Aprikosen-Tomatillo-Chutney! Und wie Sie süße Fruchtaromen mit Geflügel vermählen, ist nichts anderes als Magie!«

»Danke sehr. Ihnen allen. Ich hoffe, dass das heutige Menü Ihre geschulten Gaumen erfreut.«

Er verneigte sich. Jetzt schnell raus, bevor noch einer irgendein Lob loswerden wollte. Julius konnte Lob sowieso nicht leiden. Er bekam dann immer Panik, dass er den Erwartungen irgendwann nicht mehr gerecht werden würde. Zum Beispiel mit einem halbgaren Brokkoli. Das wäre unfassbar peinlich.

Plötzlich war ein kurzer Aufschrei zu hören, danach sagte jemand »Musch, Musch, Musch«. Nur Sekunden danach tauchte ein Fellball von der Größe einer Wassermelone neben Julius auf und maunzte. Dann sprang er Dr. Winkelberg auf den Schoß und schmiegte sich schnurrend an ihn. Genauer: an dessen burgunderrote Krawatte, auf der ein kleiner Fleck war.

»Eine Frage«, sagte Julius. »Sie mag Ihnen komisch vorkommen, aber sie hat einen guten Grund, glauben Sie mir. Haben Sie in letzter Zeit Schnaps getrunken?«

»Äh, wie bitte?«

»Wacholderschnaps? Da auf Ihrer Krawatte.«

»Oh!«

Herr Bimmel leckte nun daran.

»Eigentlich hat er strengstes Restaurantverbot. Aber mein Kater liebt Wacholder. Wenn Sie in meinem Restaurant unbehelligt bleiben möchten, sollten Sie vorher« keinen Wacholder trinken. Wenn Sie die Gesellschaft meines Katers jedoch schätzen, sollten Sie beim nächsten Mal ihre ganze Krawatte in die Flasche tauchen.«

Die Runde lachte, auch Dr. Winkelberg. »Sie haben wirklich Humor, das muss man sagen.«

»Und ich würde liebend gerne weiter mit Ihnen scherzen, aber in der Küche ist die Hölle los. Können Sie mir vielleicht sagen, wie spät es ist?«

Dr. Winkelberg sah auf seine wasserfeste Festina. »Exakt eine Minute und ... zehn Sekunden vor acht. Eine Funkuhr, müssen Sie wissen.«

Julius verabschiedete sich hastig und warf im Hinausrennen, mehr aus Versehen, einen Blick ins Abteil. Dabei handelte es sich um einen kleinen, vom Rest des Restaurants separierten Bereich, in dem man nicht gesehen werden konnte. Selbst die Wege zu Eingangstür und Toiletten lagen leicht verdeckt. Das Abteil war überaus beliebt bei Liebespaaren und wurde gern für Heiratsanträge genutzt – weil man danach so prima unbeobachtet knutschen konnte.

Auch heute saß ein Paar darin, allerdings kein Liebespaar. Sondern Katharina Lorenz und Marie Kowalczyk. Die Witwe und die Geliebte Huberts, nach eigener Aussage Feindinnen bis aufs Blut. Dieses Treffen machte die beiden Frauen verdächtig, doch der erpresserische Anrufer war fraglos ein Mann. Zwar verstellte er seine Stimme, aber die Satzmelodie, die Kraftausdrücke, so sprach keine Frau. Und was den Mord anging, wären sie nur verdächtig, wenn dieser nichts mit dem Diebstahl des Kochbuches zu tun hatte. Und das war doch sehr unwahrscheinlich.

Die beiden zerkratzten sich nicht die Augen, sondern schienen gut miteinander auszukommen. Das zeigte auch die in der Mitte des Tisches stehende Flasche Amphoren-Riesling von Karl-Philipp Mut. Sie war schon zu drei Vierteln geleert. Julius hätte gerne gehört, worüber die Frauen lachten, doch die Zeiger der Uhr klackten ohrenbetäubend laut auf die volle Stunde zu.

Die nächsten zwei Stunden in Julius' Leben waren wie ein Film, und er selbst saß auf dem besten Platz: Mitte-Mitte.

Das machte den Film allerdings nicht besser. Der Darsteller war grauenvoll, die Kulissen unspektakulär und die Handlung vorhersehbar. Fast so schlimm wie »Zwei Nasen tanken Super« mit Mike Krüger und Thomas Gottschalk.

Zumindest bis das Finale begann. Das war nicht nur gut, das war grandios. Auch wenn der endgültige Schluss erst in Teil II kommen würde. Titel:»Der Meisterkoch schlägt zurück.« Doch erst musste sich Julius durch den Anfang des Films quälen. Darin rannte er hastig zur Telefonzelle, bekam neue Anweisungen für den nächsten Tag und fand im Mülleimer wieder zwei Zettel. Einen mit Rezepten, einen weiteren mit der drängenden Aufforderung, diesmal wirklich schlecht zu kochen, sonst würde das Buch brennen.

Danach saß er zu Hause in seinem geliebten Ohrensessel, und es kam zu einem heftigen Streit mit Anna. Sie war stinksauer, weil der Hauptdarsteller ihr nichts von dem gestohlenen Kochbuch erzählt hatte, den Medien allerdings schon. Das sei eine bodenlose Frechheit. Warum er ihr das verschwiegen habe und um was für ein Buch es sich genau handeln würde? Sie wolle keine Lügen mehr hören!

Der Mann rang nach Worten, fand aber leider nur welche, die seine Frau immer wütender werden ließen. Wohin waren nur seine Hirnwindungen mit den Versöhnungsvokabeln verschwunden? Zum Schluss schaffte er es immerhin, ihr klarzumachen, dass es sich um ein Familienerbstück handelte, das von Generation zu Generation weitergeführt wurde und das auch er irgendwann gerne an seinen Erben übergeben würde.

Das ließ Anna endgültig explodieren. »Und du hast es nicht für nötig gehalten, mir von einem so wichtigen Kochbuch zu erzählen?«, brüllte sie – und schlug die Wohnzimmertür hinter sich zu. Und dann noch drei weitere, bis sie im Schlafzimmer ankam. Kurze Zeit später warf sie sein Kopfkissen und seine Bettdecke die Treppe herunter.

Julius fühlte sich schlecht, denn sie hatte absolut recht. Wie fast immer.

Doch es war besser, sie wusste es nicht.

Herr Bimmel machte es sich im Film auf dem Schoß seines Herrchens bequem, und später kam auch Felix, kuschelte sich zwischen die Beine seines Mitkaters, und sie begannen sich abzuschlecken.

Plötzlich spannte der Hauptdarsteller seine Schultern an. Dann folgte ein nächtlicher Zeitraffer, in dem der Mann nicht schlief, sondern rastlos umherlief, Notizen auf einen Block kritzelte oder Tee trank.

Bis morgens um neun Uhr.

Dann griff der Hauptdarsteller nach dem Telefon und legte es lange nicht mehr aus der Hand. Er rief Köche an, beginnend mit Dietrich Mercator von der »Rebe« in Grevenbroich. Danach holte er all die anderen Köche an die Strippe, deren Rezepte er hatte nachkochen müssen, und fragte, wer in den letzten Wochen bei ihnen gegessen hatte.

Sein Gesicht hellte sich nach jedem Telefonat mehr auf, wie eine Energiesparbirne, die nach dem Einschalten in Fahrt kommt.

Dann rief er die Hoteliers im Ahrtal an. Viele Gespräche waren nötig, doch schließlich hatte er die benötigte Information.

Jetzt wusste er, wer der Dieb des Kochbuchs und Huberts Mörder war, und sogar, wo er wohnte.

Doch er konnte es nicht beweisen.

Das musste er ändern.

Sofort.

Und zwar mit Hilfe dessen, was er am besten beherrschte: Kochen.

Dann lief der Abspann – und Julius verlieh zehn von zehn Punkten.

Die Nummer lautete E131. Julius hatte fünfundzwanzig Milliliter der hochkonzentrierten Speisefarbe gekauft, abgefüllt in eine Kunststoffflasche inklusive Tropfer. Die Farbe war geschmacksneutral, entsprach den lebensmittelrechtlichen Bestimmungen und war auch zum Einfärben pikanter Speisen geeignet.

Sie würde in der dunklen Portweinsauce mit Blaubeeren nicht auffallen.

Die neuen Gerichte mussten mittags ausgeliefert werden. Die dazugehörigen Rezepte stammten vom König der Köche, dem stillen Star aus Baiersbronn. Nachdem er alles fertig gekocht hatte, wischte Julius sich die Hände am Küchentuch ab und trat ans

Fenster. Die Wintersonne tauchte das angefrorene Ahrtal in ein Glitzern – es sah richtig lecker aus, wie ein Eisparfait. Ein wunderbarer Tag also, um das Leben wieder in die gewohnten Bahnen zu lenken. Heute Mörder stellen, morgen Annemaries Geburtstagsbüfett ausrichten und übermorgen der Königin ihr Kind holen. Zwischendurch mit Anna vertragen, dann würde endlich wieder Ruhe einkehren.

Es klopfte an der Hintertür des Restaurants. Julius wusste, wer davorstand.

»Komm schon rein, seit wann stürmst du nicht direkt in die Küche?«

FX erschien, in einen dicken Daunenmantel gemummelt und zusätzlich mit Ohrenschützern, Mütze und Schal vor dem eisigen Wind geschützt. »Du klangst am Telefon so besorgt, da bin ich lieber vorsichtig. Außerdem muss es sehr dramatisch sein, wenn du mich an einem Tag anrufst, an dem die ›Alte Eiche‹ geschlossen hat.«

»Komm, wir setzen uns ins Restaurant.«

»Oha, sehr ernst isses also. Ich folge Ihnen, Maestro.«

Julius zog einen Stuhl am Achtertisch für seinen Maître d'hôtel vor. »Nimm Platz – und halt dich gut fest. Ich weiß jetzt nämlich, wer mich erpresst.«

»Ja, und wer? Sag's dem alten FX halt!«

»Das verrat ich dir noch nicht, du wirst es früh genug sehen – im wahrsten Sinne des Wortes. Und es wird blau sein.«

»Kryptisch, Maestro, sehr kryptisch. Oder willst mich einfach nur für blöd verkaufen?«

Julius grinste breit. »Beides ein bisschen.«

»Leiwand.«

Julius erklärte ihm daraufhin den Plan, flüsternd, obwohl außer ihnen niemand im Restaurant war. Es war einfach ein Plan zum Flüstern.

»Und jetzt das Wichtigste: Es war alles deine Idee.«

»Meine? Ich hab also auch alles gekocht?«

»Jawohl. Du hast dem Anrufer vorgespielt, du wärst ich, und hast alles gekocht, heimlich.«

»Des glaubt's mir nie, deine Anna.«

»Du musst halt überzeugend sein. Lass deinen wienerischen Charme spielen.«

»Schmäh heißt des, und des is beileibe net dasselbe.«

»Sag, du hättest den Souschef bestochen, um dir zu helfen. Die Sache muss wasserdicht sein.«

»Deine Anna is net nur schön, sie is auch gescheit.«

»Ja, sehr, weiß ich doch. Sie wird natürlich ahnen, dass es eine Lüge ist – aber sie wird wollen, dass es stimmt. Und deshalb wird sie es schlucken. Zumindest vor ihren Kollegen, vor dir …«

»… und wie schaut's mit dir aus?«

Julius schenkte ihm nach. »Das werde ich früh genug erfahren. Es ist halt eine Chance, mehr nicht. Wenn es schiefgeht, habe ich nichts verloren.« Er blickte FX in die Augen. »Ich hatte sehr gehofft, mich auf dich als meinen ältesten und besten Freund verlassen zu können, aber wenn du nicht willst, kann ich das natürlich völlig verstehen.«

»Jetzt hör schon auf zu schleimen, ich mach's ja. Des is zwar eine Schnapsidee, aber des hat mich noch nie daran gehindert, irgendwo mitzumachen.«

»Guter Österreicher.«

»Wenn wir dumm sind, mögt ihr Deutschen uns immer am besten leiden.«

»Und wenn ihr beim Fußball schön grotti spielt.«

»Des versteht sich von selbst. Doch auf ewig unvergessen bleibt das Wunder von Córdoba!«

Julius blickte mit emporgezogenen Augenbrauen auf die Uhr. »Es ist gleich so weit. Der Sterne-Blitz muss wieder ausliefern. Bei jeder Bestellung über zwanzig Euro gibt es übrigens eine Flasche schlechten Wein gratis.«

»Oder ein Kaltgetränk Ihrer Wahl. Soll ich deine Herzdame schon anrufen?«

»Warte fünf Minuten. Das Timing ist verdammt wichtig.«

Kurze Zeit später stand Julius wieder in der Telefonzelle. Er schwor sich, sie nach diesem Gespräch niemals wieder zu betreten. Er hasste mittlerweile alle Telefonzellen, weltweit. Telekommunikative Sippenhaft. Es klingelte noch nicht, doch Julius hielt den Hörer bereits fest umklammert. Er dachte daran, wie Anna reagieren würde, wenn FX ihr die leberwurstdicken Lügen auftischte.

Sie konnte so wunderbar wütend werden.

Es klingelte.

»Wie oft muss ich noch für Sie kochen?«

»Herr Eichendorff, wie schön, Ihre Stimme zu hören.«

»Wie oft noch?«

»Dies ist das letzte Mal.«

»Oh.« Julius stockte kurzzeitig der Atem. Funktionierte sein Plan nicht, würde es keine zweite Chance geben. Wie wenn man ein Rezept für einen besonderen Besuch erstmals kochte. Es musste einfach alles glattgehen, obwohl es unzählige Unbekannte gab. Unbekannte Zutaten, ein neues Küchenutensil, Mörder.

»Sie klingen enttäuscht.«

»Nein, ich bin sehr froh.«

»Aber es hat Ihnen sicher auch Spaß gemacht, in den Fußstapfen so vieler berühmter Kollegen zu gehen.«

»Ich gehe lieber in meinen eigenen. Ist gesünder für die Füße.«

»Genug gespaßt, das Essen wird kalt.«

Da hatte der Mann recht.

»Eines Tages«, sagte Julius, »werden Sie für all dies ihr blaues Wunder erleben.«

»Ach, Herr Eichendorff. Von Ihnen hatte ich mehr als leere Drohungen erwartet. Sie enttäuschen mich. Hoffentlich ist es mit Ihrem Essen anders.«

»Wann bekomme ich mein Buch wieder?«

»Wenn ich den Moment für gekommen halte.«

»Wir hatten einen Deal!«

»Bringen Sie das Essen sofort zur Weinbergskapelle St. Urban. Wenn ich mich recht an die mehrteilige Reportage im Stern erinnere, haben Sie dort für Ihren ersten Fall ermittelt.«

Mit einem satten Klicken legte der Mann auf.

Julius lieferte aus. Es gab keine Spur des Erpressers – und kein Trinkgeld. Trotzdem fühlte er sich in der undurchdringlichen

Dunkelheit der nächtlichen Weinberge beobachtet. Jemand war hier, und wie eine strenge Hand schlug ihm dessen Blick auf den Hinterkopf.

Er musste schnell zurück, sonst konnte die Mausefalle nicht zuschnappen. Der Käse war auf jeden Fall lecker genug.

Als er an der »Alten Eiche« ankam, stand FX schon im Eingang. »Deine Herrin hat gesagt, sie sei gleich hier. Und sie käm net allein.«

»Hat sie dir die Geschichte abgekauft?«

»Du kennst doch die österreichische Überzeugungskraft.«

»Also nicht.«

Mit quietschenden Reifen und Blaulicht kamen drei Streifenwagen neben ihnen zum Stehen. Die Polizisten darin trugen bereits Schusswesten und Helme. Anna saß auf dem Beifahrersitz des ersten Wagens und ließ das Fenster herunterfahren. »Spring rein, FX, zur Identifizierung. Hat alles mit der Übergabe geklappt?«

Für einen Augenblick zuckte FX' Kopf in Richtung Julius, woraufhin Anna ihren Blick auf diesen richtete. »FX hat mir die ganze unglaubliche Geschichte erzählt.«

Sie schaute ihm in die Augen, der eheliche Blick so heiß, als würde er sich in die Netzhaut brennen. »Wir zwei reden noch miteinander.«

Das hieß wohl: Anna redete mit ihm, und er hörte zu. Und wenn er etwas sagte, dann nur kleinlaut und zur Entschuldigung.

FX setzte sich auf die Rückbank. »Des Essen müsst gleich im Hotel ankommen.«

»Gut.«

Julius schob sich schnell dazu. »Sie haben immerhin meinen Maître d'hôtel erpresst«, sagte er entschuldigend. »Das kann ich nicht auf mir sitzen lassen.«

»So, so«, sagte Anna. Dann fuhren sie los. Bis Dernau mit Blaulicht, dann jedoch ohne weiter. Es ging in die Bachstraße. Sie parkten vor der 130-Quadratmeter-Ferienwohnung des Weinguts Schultze-Nögel. Sie war nicht wegen ihrer großen und teilüberdachten Terrasse gemietet worden – sondern wegen der voll ausgestatteten Küche.

Anna drehte sich zu ihnen um. »Ihr bleibt hier. Wir holen euch, wenn alles gesichert ist.«

»Aber ...«, setzte Julius an, doch Anna schüttelte den Kopf. »Passt auf mein Buch auf, ja? Und noch viel wichtiger: Pass auf dich auf!«

Sie nahm sich die Zeit und gab ihm einen Kuss, vor den Kollegen. Das rechnete Julius ihr hoch an. Mit Gesten verständigten sich die Polizeikräfte und drangen in das Haus ein.

Julius wartete, bis sie aus dem Blickwinkel verschwunden waren. »Komm, lass uns hinterher.«

»Aber deine Angetraute hat gesagt, wir sollen hier auf unseren vier Buchstaben sitzen bleiben.«

Julius war bereits ausgestiegen. Der Wind pfiff wie ein alter, zahnloser Mann durch den Ort, und Julius schlug seinen Kragen hoch. Schnell war er bei der Haustür, und kurze Zeit später stand er in der Ferienwohnung. Die Zimmer waren ausgesprochen hübsch eingerichtet. Die Holzmöbel, Korb- und Lederstühle, Kronleuchter, alles geschmackvoll. Das Essen, *sein* Essen, stand noch auf dem Tisch, die Teller nur halb leer gegessen.

Die beiden Männer würden nicht behaupten können, sie hätten nichts davon zu sich genommen und es stünde nur zufällig in der Wohnung. Denn ihre Lippen waren blau, ihre Zungen waren blau, und vermutlich waren auch ihre Speiseröhren, Mägen, Därme, Milzen und Lebern blau. Ihre Arme waren bereits auf den Rücken gedreht, sie trugen Handschellen, und Polizisten hielten sie hart in den Achseln.

»Zu spät«, sagte der blaulippige Dr. Winkelberg und deutete mit dem Kinn auf den Boden, wo Julius die letzten verkohlenden Seiten des Familienkochbuchs der Eichendorffs erkennen konnte, es krümmte sich glühend zusammen und zerfiel zu heißem Staub. »Sie sind selber schuld. Wir haben das nicht gewollt. Es ist eine Schande.«

Lars Fröhlich kniff wütend die Augen zusammen. »Haben Sie wirklich geglaubt, wir würden nicht merken, wenn die Polizei anrückt?«

Julius spürte es erst, als seine Wangen feucht wurden. Ihm kamen die Tränen. Er schluchzte nicht, er heulte nicht, sie drangen leise aus ihm heraus. Es waren viele. Wie es schien, für jedes Rezept eine.

Plötzlich legten sich zarte Hände auf seine Schultern, und er spürte, wie Anna ihren Kopf gegen seinen Rücken lehnte. »Es tut mir schrecklich leid. Aber es war schon zu spät, als wir …« Julius drehte sich um. Seine Stimme war wie dünner Stoff kurz vor dem Zerreißen. »Weißt du eigentlich, dass ich dich liebe?«

Anna nickte, doch sie sagte nichts mehr.

Julius hätte auch nicht gewusst, was. Es gab nichts mehr zu sagen. Es war vorbei, die Mörder und Erpresser gestellt. Doch das letzte Wort hatte das Feuer. Und es scherte sich nicht um Gerechtigkeit.

Julius dekorierte gerade die letzten Feinheiten an Annemaries Geburtstagstorte, als seine Mutter zu ihm trat. Annemarie hatte entschieden, im Ahrweiler Winzerverein zu feiern, schließlich hatte dieser so einen schönen Kreuzgewölbekeller. Allerdings war es dort ausgesprochen kühl, bei einer Familienfeier war jedoch gemütliche Wärme angesagt. Nun schossen so viele Wärmepilze aus dem Boden, dass man sich fühlte wie beim Schlumpfgeburtstag. Julius' Behelfsküche war in einem kleinen Nebenkeller eingerichtet worden, wo dem Geruch zufolge früher schlechte Weinjahrgänge verkappt worden waren.

Julius' Mutter wusste nichts von dem verbrannten Kochbuch, und wenn es irgendwie ging, würde er dafür sorgen, dass es für alle Zeiten so blieb.

»Also, Julius, wirklich, dass ich mich mal so für meinen Sohn schämen muss!«

»Was, Mutter?«

»Nicht: Was, Mutter! Sondern: Es tut mir leid, Mutter! Ich weiß nicht, wo ich mit meinen Gedanken war, Mutter. Ich werde alles tun, was du sagst, um es wiedergutzumachen, Mutter.«

»Ich weiß nicht, wovon du …«

»… vom Essen natürlich! Mettbrötchen mit Zwiebeln? Haben wir dich dafür bei den besten Köchen Deutschlands lernen lassen? Habe ich dich dafür unter Schmerzen geboren?«

»Ach, Mutter! Das ist doch jetzt nicht dein Ernst!« Julius setzte die nächste Cocktailkirsche in die Sahne.

»Du musstest die Blicke da draußen ja nicht ertragen, dieses Unverständnis, diese stillen Vorwürfe. Was bin ich froh, dass dein armer Vater mit Magenverstimmung im Bett liegt. Diese Maggi-Schande hätte ihn umgebracht.«

»Aber genau so hat Annemarie es sich gewünscht.«

»Papperlapapp. Sie hat sich dir und deinem Können anvertraut. Manchmal muss man Menschen zu ihrem Glück zwingen. Was meinst du, wieso die Ehe mit deinem Vater schon so lange hält?«

»Cocktailkirsche?« Julius versuchte, ihr eine in den Mund zu stecken, sie zum Schweigen zu bringen, doch seine Mutter schob die zuckrige Frucht mit der Hand weg.

»Mir ist der Appetit vergangen. Natürlich auch wegen dieser ganzen Mordgeschichte. Das ist doch kein Thema für einen runden Geburtstag.« Sie fuhr mit dem Finger durch die Sahne. »Die ist zu süß.«

»So hat Annemarie … ach, vergiss es.«

FX flanierte vorbei, frisches Mett auf einem Silbertablett tragend. Er schaffte es nicht, ein Grinsen zu unterdrücken.

Julius' Mutter übersah es geflissentlich und lehnte sich näher zu ihrem Sohn. »Jetzt sag mir schon, was genau passiert ist. Alle glauben, dass du mir das längst in allen Einzelheiten berichtet hast. Sie wissen ja nicht, wie mein Sohn mich behandelt, aber ich reg mich nicht auf, das wäre ganz schlecht für meinen Blutdruck. Ich bin ganz ruhig.«

Julius zog einen Küchenstuhl für sie hervor und holte ihr ein Glas stilles Wasser.

»Was willst du wissen?«

»Dumme Frage! Alles natürlich.«

»Sollst du erfahren, aber gib mir noch einen Augenblick.« Julius beendete die Arbeit an der Torte (eine klassische Schwarzwälder Kirsch, das würde seiner Mutter nicht gefallen) und setzte sich zu ihr. Irgendwann würden sich die Pforten der Hölle für sie öffnen, und wenn der Teufel furchtlos war, würde er sie zu sich nehmen und still seine Qualen erleiden – doch bis dahin war sie seine Mutter.

»Also, es waren zwei Gourmets, echte Feinschmecker bis ins Mark. Einer der beiden, Lars Fröhlich, ein Stammgast, behauptete, ich sei der größte Koch Deutschlands, der andere, ein Dr. Winkelberg, hielt dagegen. Sie wetteten. Aber wie kann man vergleichen, ob ein Koch besser ist als ein anderer? Da ist vieles persönlicher Geschmack. Vielleicht ist der eine ein besserer Fischkoch und der andere brilliert bei Wild. Die beiden haben sich also etwas ausgedacht. Sie haben in den letzten Wochen bei den besten deutschen Köchen die Klassiker gegessen, Fotos geschossen und sich ausführliche Notizen gemacht. Ich sollte diese Gerichte dann zum Vergleich kochen. Sie wussten natürlich genau, dass ich das niemals machen würde, für kein Geld der Welt. Aber für mein Fam…«

Julius zuckte zusammen, beinahe hätte er alles verraten. Neuer Anlauf. »Für mein phantastischstes Kochbuch. Manchmal erzähle ich Gästen davon. So auch ihnen. Und das war mein Fehler. Sie haben es gestohlen, um mich zu erpressen – aber dann hat FX die Erpressung ja abgefangen.« Julius wurmte es, nichts vom Ruhm einstecken zu dürfen. Aber der Ehefrieden ging vor. Er musste bei der Version mit FX als Helden in schimmernder Rüstung bleiben, auch wenn er sich lieber die Zunge abgebissen hätte.

Der Besagte sauste nun herein. »Wir brauchen schon wieder neues Mett, und der Käseigel is auch bald leer. Aber der Alleinunterhalter verschafft uns jetzt erst einmal a bisserl Luft. Er will ein Medley der unvergesslichen Hits der Flippers bringen. Wir sollten danach schnell die Torte und die ganzen Birne Helenes rausbringen.«

»Und Sie haben von Anfang an von der ganzen Geschichte gewusst?«, fragte Julius' Mutter den österreichischen Zwirbelbartträger.

»Ja, aber sicher. Ich mein, des war ja wirklich ein besonderes

82

Werk. Kann ich verstehen, dass Sie alle stolz darauf waren, die ganzen Familienrezepte …«

»… der europäischen Königshäuser«, ergänzte Julius schnell. Sein Puls raste.

»Ach, da hast du mir ja nie von erzählt«, sagte seine Mutter.

»Weil ich dich überraschen wollte! Mit einem Menü, wie es die englische Königin einst für den spanischen König ausgerichtet hat.«

Sie runzelte die Stirn. »Das sieht dir so gar nicht ähnlich.«

»Wieso?«

»Weil es eine gute Idee ist.«

FX tat, als putze er sich die Nase, doch Julius hörte sein Prusten.

»Leider geht das jetzt nicht mehr, denn die beiden Erpresser haben das Buch verbrannt, bevor die Polizei sie festnehmen konnte.« Julius merkte, wie ein Kloß von der Größe eines Medizinballs in seinem Hals entstand. »Wie auch immer, ich, das heißt FX, kam den Tätern durch zwei Hinweise auf die Spur. Sie aßen bei mir im Restaurant, und Dr. Winkelberg lobte mich dafür, wie ich süße Fruchtaromen mit Geflügel vermähle. Auf meiner Karte gibt es aber gar kein solches Gericht. Er sprach von dem Rebhuhn mit kandierten Früchten, das ich, also FX, für den Erpresser gekocht hatte – beziehungsweise *die* Erpresser; erst später stellte sich ja heraus, dass es zwei waren. Winkelberg war auch derjenige gewesen, der anonym befohlen hatte, extra schlecht zu kochen, damit er seine Wette gewinnt. Aber der zweite Hinweis war noch wichtiger, und er ist Herrn Bimmel zu verdanken. Er sprang Winkelberg nämlich auf den Schoß und schmiegte sich schnurrend an dessen Krawatte – die nach Wacholder roch, was der kleine Stinker so schrecklich liebt. Zuerst dachte ich, also dachte FX, es sei Wacholderschnaps, aber später wurde ihm klar, dass es vom Rehrücken in Brotkruste mit Wacholder-Portwein-Sauce stammte.«

Meine Güte war das schwierig, die ganze Geschichte auf FX umzukrempeln, damit er aus Annas Schusslinie blieb. »Und dieser Rehrücken war ebenfalls ein Gericht für die Erpresser. Ich selbst habe Wacholder aus meiner Küche verbannt, um alle vor Kuschelattacken meines alten Katers zu schützen.«

»Des wissen wir alle sehr zu schätzen.«

»FX hat dann sämtliche Spitzenrestaurants angerufen, gegen die er ankochen musste, und gefragt, ob die beiden bei ihnen vor Kurzem gegessen hätten. Und bingo, überall war das der Fall. Dann hat er die Hotels im Tal abgeklappert, denn irgendwo mussten die beiden ja übernachten – und essen. Das hat länger gedauert, weil sie sich eine Ferienwohnung gesucht hatten. Aber irgendwann hatte FX sie. Und um ihre Schuld einwandfrei zu beweisen, habe ich blaue Lebensmittelfarbe ins Essen gegeben. Also FX hat die Farbe ins Essen gegeben, ich habe ja gar nichts von alldem gewusst.«

Oh Mann, das waren ja mehr Klippen als beim Wildwasserrafting. Seine Mutter durfte nichts vom Buch wissen, Anna nicht, dass er ermittelt hatte, und FX nicht … nein, FX durfte alles wissen. Nur die Goschen halten musste er.

Seine Mutter schüttelte entschieden den Kopf. »Aber was hat das alles denn nun mit dem Mord zu tun?«

FX legte Julius eine Hand auf den Arm und holte allen einen Obstler. »Des darf ich erzählen. Es war ein Verbrechen nach meinem Geschmack. Ein depperter Mord aus Versehen nämlich. Schrecklich und brutal, aber völlig deppert nichtsdestotrotz. Hubert war so betrunken, dass er frühmorgens auf die Idee kam, die alten Brötchen bei Ihrem Herrn Sohn abzuholen. Was er eigentlich erst viel später tun wollte. Und was sieht Hubert? Die Hintertür is aufgebrochen, und plötzlich schauen da zwei Idioten raus mit einem geklauten Kochbücherl unterm Arm …«

»… du musst dir dazu denken, dass die beiden noch nie ein Verbrechen begangen haben. Sie bekommen Panik, Angst, dass sie ihre Anstellung verlieren, ihren guten Ruf, dass sie ins Gefängnis müssen, dass ihr Leben auseinanderbricht. Da nahm sich Dr. Winkelberg das Nächstbeste, um Hubert aus dem Weg zu schaffen.«

»Brötchen!«, sagte FX, bevor Julius zur Pointe kam. »Eigentlich wollte er in die Küchen rennen und sich ein Messer holen, aber Hubert hielt ihn fest. Das Einzige in Reichweite waren die alten Backwaren. Also hat er damit ... na ja, zugestochen. Ein Akt der Verzweiflung. Sie hätten den Herrn bei seinem Geständnis sehen sollen. Es war ihm richtig peinlich, mit Brötchen gemordet zu haben. Des ist halt net besonders männlich, so ein Brötchen. Ein Graubrot, des wär was gewesen, oder ein Schwarzbrot, aber Brötchen?«

Julius' Mutter stand auf. »Das kann man ja keinem erzählen. Mir wäre es lieber gewesen, die Witwe wäre die Schuldige. So was ist ein schönes Gesprächsthema.«

»Ja, Mutter.«

»Aber ein Dr. Winkelberg? Den kennt hier doch keiner.«

»Nein, Mutter.«

»Dann erzähle ich lieber, dass die Polizei die Witwe noch verdächtigt.«

»Mach das, Mutter.«

»Und du bringst höchstpersönlich die Torte raus. Vergiss nicht die Wunderkerzen.«

»Sehr wohl, Mutter.«

»Dann wäre ja alles geklärt.« Sie stand auf, trank ihren Obstler in einem Schluck leer und ging zurück an ihren Tisch im Speisesaal. Julius atmete durch, doch irgendwie war seine Lunge zu klein, zumindest wollte er mehr Luft einsaugen, als reinpasste.

»Schon eine faszinierende Person, deine Frau Mutter.«

Julius griff sich ein Tellerchen, das mit Pralinen für den Kaffee gefüllt war, und langte zu. »Ich kann nicht mehr, wirklich nicht.«

»Wegen deiner Mutter? Des Theater kennst doch schon.«

»Nein, wegen dem Buch. Jetzt ist es weg, ich kann es immer noch nicht glauben. Wenn ich am Regal vorbeigehe, denke ich, es steht noch da und ich könnte es einfach rausziehen. Es hat so zu meinem Leben gehört, dass ich mir gar nicht vorstellen kann, ohne es zu sein. Verstehst du das? Oder klingt das völlig irre? Es kommt mir vor wie der Einsturz des Kölner Stadtarchivs, da gingen ja auch unersetzbare Erinnerungen verloren, da wurde Historie ausgelöscht. Und ich wollte das Buch doch mal an meinen Nachwuchs weitergeben. Jetzt bin ich der Eichendorff, der versagt hat. Was soll ich meinem Nachfahren jetzt in die Hand drücken?«

FX blickte auf seine Armbanduhr. »Gleich müsst's so weit sein.«

»Was? Jetzt schon? Aber der Alleinunterhalter orgelt doch noch, da geh ich doch nicht mit der Torte rein. Dazu gehört doch ein Tusch oder der Radetzkymarsch.«

»Net die Torten …« FX machte eine Pause. Es dauerte etwas, bis sich die Hintertür öffnete und Antoine Carême eintrat. »… sondern des!«

Der Eifeler Normanne hatte die Arme hinter dem Rücken verschränkt. »Ich bin heut einen kleinen Glücksfee. Für den Julius!«

»Antoine, was führt dich hierher? Bringst du etwa den Mett-Nachschub?«

»Nein, eine viele bessseren Sache. Den hier.«

Antoine zog ein dickes, ledernes Buch hinter seinem Rücken hervor. Es sah aus wie ein Fotoalbum. In goldenen Buchstaben stand »Carpe Vinum« darauf.

»Den Spruch habe ich mir ausgedacht, weil eine gute Schuss Wein fast jede Gericht auf die Füße hilft!« Antoine streckte Julius das schwere Werk entgegen, der aufstand und es verwundert in die Hände nahm.

»Aber Annemarie hat doch heute Geburtstag, für mich gibt es keine Geschenke.«

»Es ist ein besonderen Buch. FX hat uns von dein Leid erzählt. All die verloren Rezepte! So ein Schande. Da haben wir uns zusammengetan. All die beste Köche vom Ahrtal. FX hat uns dein Liste mit die Gerichte gegeben, und jeder hat davon Rezepte gekocht. Und jetzt gehören all den Rezepten dir und deinen Familie!«

Julius war sprachlos.

Und als FX ihn so sah, sogar dieser.

Mit zitternden Händen blätterte Julius das Buch auf. Da standen sie wirklich, all die verlorenen Rezepturen. Ossobuco mit Spätburgundertrauben, Alt-Eifeler Schmorbraten mit Buchweizenknödel, Döppekuchen, Kalte Knoblauchsuppe, nichts fehlte.

Und Julius sah, dass die Kollegen mit keinem ihrer Geheimnisse hinter dem Berg gehalten hatten, dass sie für ihn, einen Kollegen und doch auch einen Konkurrenten, die Schatzkammer ihres Küchenwissens geöffnet hatten. Etwas Wertvolleres als seine Rezepte konnte ein Koch nicht verschenken, so wie ein Zauberkünstler seine Tricks. Julius musste Antoine einfach umarmen – und FX machte gleich mit.

»Ja, was um alles in der Welt ist denn hier los?« Julius' Mutter stand plötzlich wieder im Raum. »Erwachsene Männer liegen sich in den Armen? Ist das hier etwa ein Fußballstadion? Deine Frau will dich sprechen, mein Sohn. Es scheint zu eilen. Jetzt reiß dich endlich los, das ist ja nicht mit anzusehen.«

Mit einem gegenseitigen Schulterklopfen und dem Versprechen, bald zusammen in den Weinkeller der »Alten Eiche« zu steigen und ein paar gute Flaschen zu leeren, entknäuelten sie sich, und Julius ging zur feiernden Gesellschaft. Ihm fiel sofort auf, dass das Mett wieder alle war. Und auch so gut wie der ganze Rest des für die doppelte Gästezahl geplanten Büfetts.

So schlecht konnte es also nicht schmecken.

Was nicht bedeutete, dass die Anwesenden sich mit Kritik zurückhalten würden. Eine gute Portion Meckerei gehörte schließlich zu jeder ordentlichen Familienfeier.

Anna hockte allein an einem Achtertisch, da alle anderen ihrer Runde bei anderen Grüppchen saßen oder standen. Sie winkte ihn mit einem Lächeln zu sich.

»Setz dich mal neben mich. Ich bin nämlich sehr stolz auf dich.«

»Schön, dass es dir geschmeckt hat.«

»Doch nicht wegen dem Essen, du Dummer. Sondern weil du nicht auf eigene Faust ermittelt hast.«

»Ach so.« Julius versuchte, unschuldig zu klingen. »War doch selbstverständlich.«

»Zuerst war ich mir sicher, dass FX mich anlügt und dich nur deckt. Und als unsere Erpresser dann sagten, sie hätten definitiv mit dir telefoniert, war ich hundertprozentig davon überzeugt, dass mein geliebter Mann mich hintergangen hat.«

»Nicht doch.«

»Ich gestehe es, zu meiner eigenen Schande. Aber dann hat FX mir gezeigt, wie gut er dich nachahmen kann, und da wusste ich, dass ich mich voll und ganz auf dich verlassen kann.« Sie lehnte ihren Kopf an Julius' Schulter. »Das Kapitel kulinarischer Detektiv ist ein für alle Mal vorbei.«

»Wie versprochen.«

»Deswegen bin ich auch zu einer Entscheidung gekommen.«

»Und die wäre?«

»Du brauchst jemanden, an den du deine Kochbücher und die ›Alte Eiche‹ weitergeben kannst. Du brauchst ein paar kleine Eichendorffs. Und jetzt bist du endlich reif genug, um sie auch großzuziehen.«

»Du meinst ...?«

»Genau das meine ich. Wir haben das ganze Wochenende, um die Sache anzugehen.«

»Das sollten wir aber wirklich intensiv tun und uns der Aufgabe in jeder freien Minute widmen.«

»Unbedingt.«

»Nur unterbrochen von stärkendem Essen.«

Anna grinste. »Allenfalls.«

»Und dem ein oder anderen Glas Champagner.«

»Das soll ja hilfreich sein. Obwohl überhaupt keine Hilfe notwendig ist.«

Er gab ihr einen zärtlichen Kuss in den Nacken, wie sie es besonders liebte. »Eine Frage zum Fall hätte ich aber noch.«

»Ich höre.«

»Wer hat nach Meinung der beiden Erpresser eigentlich besser gekocht. Die Kollegen oder ...«

»... FX und dein Souschef?«

»Hm.«

»Hat er dir das noch nicht erzählt?« Anna zog eine Augenbraue empor.

»Nein.«

»Das wundert mich aber, dem sollte doch die Brust vor Stolz platzen. Nach Ansicht der Herren ist FX nämlich der beste Koch Deutschlands. Warum grinst du jetzt so?«

»Weil er ewig damit prahlen wird.«

»Lass mich dich trösten.«

Und Julius ließ sich trösten.

Das war nicht das Schlechteste.

Und eine Sache schwor er sich an diesem Abend. Er würde nie wieder alte Brötchen vor der Hoftür stehen lassen.

Die Rezepte

In Dubio Pro Vino, 6. Kapitel

Schaumsuppe von Brogsitter Riesling Hochgewächs

Rezept von Stefan Krupp, Restaurant Brogsitters Sanct Peter

Julius ist zu Gast in der Straußwirtschaft des Weinguts Pikberg, wo der Senior auf der Gitarre Weinlieder zum Besten gibt.

Julius hatte sich neben den schönsten Gast des Abends gesetzt. Verena Fischer, die Kellermeisterin vom Weingut Schultze-Nögel und zugleich Dernauer Weinkönigin. Mit Abstand die hübscheste Verdächtige, die Julius jemals untergekommen war. Es werden einige Köstlichkeiten aufgetischt – doch der arme Julius diätet. Die Kuchen, die waren das Nächste, gegen das er ankämpfen musste. Der Rieslingsuppe hatte er schon den Zugang zum Eichendorff'schen Magen verwehrt.

Sie müssen nicht dagegen ankämpfen. Rieslingsuppe ist ein Klassiker im Ahrtal, jeder Koch hat seine eigene Version. Hier eine ganz besonders köstliche.

Zutaten für 4 Personen:

50 g Sellerie
50 g Lauch
100 g Schalotten
2 EL Butter plus 50 g mehr zum Abschmecken
2 Zweige Estragon
2 Lorbeerblätter
700 ml Riesling
700 ml Geflügel- oder Gemüsefond
600 g Sahne

Salz, Pfeffer
frisch geriebene Muskatnuss
4 EL Crème fraîche

Wahlweise als Einlage (Menge nach Belieben):
geräucherte Ahrforelle
Lachs
Estragon

Zubereitung:
Sellerie, Lauch und Schalotten in Würfel schneiden und in Butter glasig anschwitzen. Estragonzweige und Lorbeerblätter dazugeben und mit dem Riesling ablöschen. Den Fond und die Sahne dazugeben und alles auf die Hälfte einkochen.
Mit Salz, Pfeffer und Muskatnuss würzen und durch ein feines Sieb passieren. Crème fraîche und die restliche Butter dazugeben und mit einem Stabmixer schaumig aufschlagen. Als Einlage passen Würfel von geräucherter Ahrforelle oder Lachs und gehackter Estragon.
Vor dem Servieren mit einem Schuss Rieslingsekt aufgießen.

Weinempfehlung

Weingut Brogsitter
Marienthaler Stiftsberg Riesling Qualitätswein trocken

Saure Kartoffelsuppe

Rezept von Christian Schmidt, Restaurant Brogsitters Sanct Peter

Für den Papst nur das Beste – und das Klassischste. Deshalb lässt Julius in »Vinum Mysterium« nach Rezepten im Ahrtal suchen. Dabei kommt einiges zusammen:

Nach und nach traten alle Mitarbeiter mit ihren Rezeptfunden vor. Und mit ihnen Eifeler Äpfel, Grüne Suppe, Brennnesseleintopf, Sagoauflauf – es war wohl nicht übertrieben anzunehmen, Sago wachse in großen Büscheln aus jeder Ahrtaler Straßenritze –, Saure Kartoffelsuppe, Holunderblüten-Pfannkuchen, Rinderzungenfrikassee, Sparwurst, Blumenkohl mit Siebentassensauce, Gierschsalat.

Julius war beeindruckt. Einige Gerichte kannte er nur in anderen Versionen, andere waren ihm, der er doch von klein auf mit Traditionellem auf sein heutiges Kampfgewicht gebracht worden war, sogar völlig unbekannt. Er sammelte nach jedem Vortrag den Zettel ein, um mit den besten davon ein Menü für den Gesandten des Erzbistums zu köcheln. Er durfte sich keine Fehler mehr erlauben. Das musste klappen.

Es war wirklich gutes Rezeptmaterial.

Zutaten für 4 Personen:

250 g Kartoffeln
100 g Äpfel (Cox Orange), das sind ungefähr zwei nicht zu große Äpfel
50 g Lauch
2 Schalotten
1 EL Butter
30 g durchwachsener Speck, in Würfel geschnitten
100 ml Weißwein (Brogsitter Riesling Hochgewächs)
2 EL Cidre-Essig
500 ml Geflügelbrühe

200 g Sahne
1 EL Crème fraîche
Salz, frisch gemahlener Pfeffer
frisch geriebene Muskatnuss
1 Prise Zucker (nach Belieben)
½ Bund Schnittlauch

Zubereitung:

Die Kartoffeln und die Äpfel waschen, schälen, bei den Äpfeln das Kerngehäuse entfernen. Den Lauch waschen. Kartoffeln, Äpfel und Lauch in 1 cm große Würfel schneiden. Die Schalotten schälen und ebenfalls in 1 cm große Würfel schneiden. Alles zusammen in der Butter bei schwacher Hitze mit dem Speck anschwitzen. Nun mit Weißwein und Cidre-Essig ablöschen, zur Hälfte reduzieren lassen und mit der Geflügelbrühe aufgießen. Alles zusammen ca. 30 Minuten köcheln lassen. Nach Belieben den Speck entfernen, damit die Suppe keinen Grauschleier bekommt. Nun die Sahne zugeben und nochmals 5 Minuten köcheln lassen. Die Suppe zusammen mit der Crème fraîche mit einem Pürierstab mixen, je länger, desto feiner wird sie. Mit Salz, Pfeffer, Muskatnuss und Zucker abschmecken. Nach Bedarf noch etwas Cidre-Essig dazugeben. Den Schnittlauch nicht zu fein schneiden und über die Suppe streuen.

Als passende Einlage empfehle ich entweder Räucherlachsstreifen oder gebratene Blutwurst mit ein paar gegarten Apfel- und Kartoffelwürfeln.

Weinempfehlung

Weingut Brogsitter
Brogsitter No 1 Ahr-Spätburgunder »Blanc de Noir«

Lauwarmer Schwarzwurzel-Rosenkohl-Salat

Rezept von Lothar Freudenreich, Restaurant Freudenreich

Kusine Anke kommt morgens zu Besuch. Sie fragt ihn, ob er nicht ein ungewöhnliches Rezept mit Rosenkohl kenne. Ihr Mann liebe Rosenkohl, doch sie könne das Zeug nicht mehr sehen. Julius gerät ins Schwärmen:

»Rosenkohl, du mysteriöses Gemüse, dem der erste Frost geschmacklich so zuträglich ist, weil dein Zuckeranteil dann in die Höhe schießt.«
»Genau der. Hättest du da eine Idee?«
»Rosenkohl, den es dich erst seit rund hundert Jahren gibt, dank der einfallsreichen Belgier und römischen Kohlhinterlassenschaften.«
»Hallo? Erde an Julius? Ein Rezept?«
Julius verlor den glasigen Blick und wurde wieder sachlich. Doch das Lächeln in seinem Gesicht verschwand nicht. »Hast du ihn schon mit Speck und Maronen gemacht?«
»Als Allererstes.«
»Glasiert?«
»Ja.«
»Als Rosenkohlauflauf oder Rosenkohlsuppe?«
»Das hätte jetzt auch von meiner Mutter kommen können.«
Julius hielt einen Augenblick inne. Dann fasste er einen Entschluss. »Okay. Das ist jetzt aus dem Nähkästchen. Dieses Rezept wird nicht weitergegeben!«

Und dann nennt er ihr das Rezept, welches hier neu interpretiert wird.

Zutaten für 2 Personen:

250 g Schwarzwurzel
1 Schuss Essig

Salz
200 g Rosenkohl
4 EL Balsamico-Essig
6 EL Walnussöl
Pfeffer
Zucker
80 g Rucola
Kirschtomaten zum Garnieren
Petersilie zum Garnieren

Zubereitung:

Die Schwarzwurzeln gründlich waschen bzw. bürsten, schälen und sofort ins Essigwasser legen. Dann die Schwarzwurzeln in 4 cm lange Stücke schneiden und in Salzwasser ca. 15–20 Minuten kochen.
Den Rosenkohl putzen und am Stielansatz über Kreuz einschneiden, in Salzwasser ca. 8–10 Minuten blanchieren. Schwarzwurzel und Rosenkohl nach dem Kochen in kaltem Wasser abschrecken.
Aus Balsamico-Essig, Walnussöl, Pfeffer, Salz und Zucker eine Vinaigrette rühren.
Schwarzwurzel und Rosenkohl erwärmen und in einer Schüssel mit der Vinaigrette mischen.
Den Rucola waschen, gründlich abtropfen lassen, die Kirschtomaten vierteln, Salat auf den Tellern verteilen, Schwarzwurzel-Rosenkohl-Salat daraufgeben und mit Kirschtomaten und der klein gehackten Petersilie garnieren.

Weinempfehlung

Weingut Nelles
Pinot Noir trocken

Geschichtetes Linsentörtchen (als geschichteter Crêpe-Linsen-»Auflauf« im Tortenring)

Rezept von Klaus-Dieter Schultz, Restauration Idille

Julius schreibt eine neue Menükarte auf, eines der Gerichte heißt »Umarmung der Hülsenfrüchte«:

Umarmung der Hülsenfrüchte – FX hatte Julius geraten, es mal mit einem poetischen Namen zu versuchen. Davon hielt er eigentlich nichts, aber er hatte sich überreden lassen, einen Testballon zu starten. Das Gericht würde Teil des vegetarischen Menüs sein, das er erstmals anbieten wollte, und ersetzte die klassischen Gänselebervariationen. Auf dem Teller fanden sich eine Erbsenpraline im Schwarzbrotmantel, ein Bohnenschaumsüppchen, ein winziges Stück geschichtetes Linsentörtchen, Crème brûlée von Sojabohnen und herzhaftes Erdnusseis.

Hier nun erstmalig die Auflösung, wie man ein geschichtetes Linsentörtchen zubereiten kann.

Zutaten für den Crêpeteig:

120 g Mehl
125 ml Milch
¼ TL Salz
1 TL Zucker
3 Eier

Außerdem:
je 60 g von 3 verschiedenen Linsensorten (z. B. Puy-Linsen, braune Tellerlinsen, rote Berglinsen)
100 g Sellerie
100 g Möhren
100 g Lauchgrün
Mark einer halben Vanilleschote

1 Msp. Koriandersamen
1 Zweig frischer Thymian

Zubereitung:

Die Linsen separat nach Packungsanweisung garen. Das Gemüse putzen und würfeln. Den Sellerie mit Vanille, die Möhren mit Koriander, das Lauchgrün mit Thymian dünsten. Aus den Zutaten für die Crêpes mit 125 ml Wasser einen Teig herstellen. Danach alles schichtweise im Tortenring garen (am besten unter dem Grill), also Crêpe für Crêpe: Als erste Schicht Crêpeteig mit Puy-Linsen und Sellerie garen, als zweite Schicht Crêpeteig mit Tellerlinsen und Möhren garen und als dritte Schicht Crêpeteig mit Berglinsen und Lauch garen. Abwechselnd so weiterverfahren, bis Teig und Linsen aufgebraucht sind, dann alle Crêpes zu einer »Torte« stapeln und mit dem Tortenmesser portionieren.

Passt auch gut als Beilage zu gebratener Entenbrust.

Weinempfehlung

Weingut Burggarten
»Signatur« Spätburgunder trocken

Marinierte Lachsforelle mit Herbstsalaten

Rezept von Gerd Lanz, Restaurant Lanz am Kautenturm

Julius hat in »Vinum Mysterium« einen Verdächtigen, und zwar den berühmten Winzer Eckhard Meier von der Saar, zu sich ins Restaurant eingeladen. Er will ihn zum Reden bringen – mit einem köstlichen Menü:

Julius musste immer an einen adeligen Buchhalter denken, wenn er den Mann mit Halbglatze sah, die er selbstbewusst und ohne Vertuschung trug. Sogar mit Stolz, wie den Maßanzug und die handgefertigten italienischen Schuhe. Die Augen Meiers bewegten sich schnell wie immer, kein Fünkchen Wärme lag in ihnen.
»Herr Eichendorff, ich grüße Sie.« Meier reichte ihm die Hand in perfekter Geste. »Wohin wollen wir gehen?«
Julius deutete auf den Blauen Salon und gab FX ein Zeichen, dass der erste Gang serviert werden konnte. Jetzt galt es, ein Rätsel endgültig zu entschlüsseln. Die Lösung konnte nur aus Meiers Mund kommen. Und gutes Essen machte die Zunge beweglicher.
»Ich bin seit der Umgestaltung der Innenräume nicht mehr bei Ihnen gewesen, Herr Eichendorff. Das neue Interieur ist sehr gelungen.«
»Das hört man gern. Ich habe ein kleines Drei-Gang-Menü für uns vorbereiten lassen – ich hoffe, in Ihrem Sinne?«
»Was wird unsere Gaumen denn erfreuen?«
Er war fraglos der adeligste Buchhalter, der überhaupt vorstellbar war. Diese unfassbare, fast schon arrogante Selbstsicherheit. Doch Meier hatte allen Grund dazu, und er wusste es. Das war ja das Problem.
»Mariniertes Filet von der Lachsforelle mit herbstlichen Blattsalaten, danach gibt es ein Medaillon vom Milchkalb und Zunge auf Wurzelgemüse und Madeirajus. Zum Abschluss servieren wir Bayerische Creme mit Blutorangensauce und hausgemachtem Sauerrahmeis.«

Meier nickte freundlich.
Julius kämpfte sich durch verhassten Small Talk, bis der erste
Gang serviert wurde. Den wollte er noch abwarten, bevor es ernst
wurde. Die Lachsforelle war genau so auf dem Teller arrangiert,
wie er es der Küchenbrigade beigebracht hatte.

Sie können die Lachsforelle auf den Tellern natürlich arrangieren,
wie Sie möchten – auch bei Gesprächen mit Mordverdächtigen.

Zutaten für 4–6 Personen:

Für die Lachsforellen:
2 Lachsforellenfilets ohne Gräten à 200 g
1 Stängel Kerbel
1 Zweig Estragon
5 Halme Schnittlauch
1 TL Dillspitzen
1 Schalotte, in Würfel geschnitten
2 EL Balsamico-Essig
3 EL Olivenöl
Salz, Pfeffer

Für den Salat:
200–300 g gemischten Salat, z. B. Feldsalat, Eichblattsalat
(hell und dunkel), Lollo rosso, Lollo bianco, Chicorée
Champignons, in Scheiben geschnitten, sowie Kirschtomaten
zum Garnieren

Für das Dressing:
2 EL Öl
1 EL Walnussöl
1 EL Balsamico-Essig
2 EL Sherry Rich Golden
Salz
Pfeffer

Zubereitung:

Die rohen Lachsforellenfilets in dünne Scheiben schneiden und auf dem Teller flach auslegen. Aus den klein gehackten Kräutern, Schalotten, Essig, Öl, Salz und Pfeffer eine Marinade herstellen und kurz vor dem Servieren über die Fischscheiben verteilen.
Die herbstlichen Salate verlesen, waschen, abtropfen lassen und in mundgerechte Stücke schneiden. Die Dressingzutaten verrühren, die Salate als kleines Bouquet auf dem Fisch anrichten, mit Dressing beträufeln und mit Champignonscheiben und Kirschtomaten garnieren.

Weinempfehlung

Ahrweiler Winzerverein
Spätburgunder Weißherbst trocken

Kalte Knoblauchsuppe

Rezept von Gerd Lanz, Restaurant Lanz am Kautenturm

Abends sitzt Julius allein in seinem Restaurant »Zur Alten Eiche«
und schreibt die neue Menükarte auf. Er lenkt sich damit ab, denn
seine Gedanken kreisen nur um die Mordserie, doch er kommt
einfach nicht drauf, wer der Täter ist, obwohl er glaubt alle nöti-
gen Informationen zu haben. Eines der neuen Gerichte auf der
Karte ist die »Kalte Knoblauchsuppe« – und am Ende des Abends
weiß Julius auch, wer hinter den Verbrechen steckt ...

Zutaten für 6 Personen:

5 Knoblauchzehen
750 g Naturjoghurt
500 g Schmand
500 g Salatgurke, geschält, entkernt und in Stücke geschnitten
1 Bund Schnittknoblauch oder Bärlauch, geschnitten
Salz, frisch gemahlener Pfeffer
100 ml Olivenöl
Gurkenwürfel, Bärlauch oder Schnittknoblauchstreifen und
Kirschtomaten zum Garnieren

Zubereitung:

Den Knoblauch schälen, mit den restlichen Zutaten im Standmixer pürieren und kalt stellen.
In tiefen Tellern oder Schalen anrichten und mit Gurkenwürfeln,
Bärlauch oder Schnittknoblauchstreifen und Kirschtomaten gar-
niert servieren.

Weinempfehlung

Ahrweiler Winzerverein
Weißer Burgunder trocken

Brunnenkressesuppe

Rezept von Roger Müller, Restaurant Prümer Gang

Julius äußert sich in »In Vino Veritas« äußerst despektierlich über die »Cremesuppe von der Brunnenkresse«:

Zurzeit stand auf der Karte eine wenig einfallsreiche Cremesuppe von der Brunnenkresse. Die schmeckte zwar vorzüglich, war aber in der Spitzengastronomie häufiger anzutreffen. Das würde nicht reichen. Nicht in diesem Jahr.

Denn Julius will seinen ersten Stern erkochen. In der folgenden Szene kreiert er die »Pikante Champagner-Renette-Suppe«, deren Rezept sich im Anhang des Buches findet und die vermutlich das am häufigsten nachgekochte Gericht aus allen Eichendorff-Krimis ist. Ich selbst liebe dagegen die hier stehende Cremesuppe, und wenn sie gut gekocht ist, ist sie mir lieber als viele Suppen, die man bei Sterneköchen löffeln muss. Und da ich diese Suppe so liebe, gibt es sie gleich in zwei Interpretationen: hier von Roger Müller und auf Seite 108 von Jean-Marie Dumaine.

Zutaten für 4 Personen:

40 g Butter
2 EL Schalottenwürfel
50 g Mehl
600 ml Geflügel- oder Gemüsebrühe
400 g Brunnenkresse, gewaschen und gezupft
400 g Sahne
Salz
frisch geriebene Muskatnuss
Cayennepfeffer
2 EL Crème fraîche

Zubereitung:
Aus Butter, Schalottenwürfeln und Mehl eine Mehlschwitze herstellen. Diese mit der Brühe aufkochen.
Brunnenkresse und Sahne zugeben und alles mit Salz, Muskatnuss und Cayennepfeffer abschmecken, kurz simmern lassen, mit dem Pürierstab aufmixen und passieren.
Zum Schluss die Crème fraîche unterziehen.

Als Einlage passen kleine, abgezogene Tomatenwürfel oder Streifen von Parmaschinken.

Weinempfehlung

Weingut Meyer-Näkel
Spätburgunder Blanc de Noirs »Illusion Eins« trocken

Lachs mit Senf-Dill-Sauce und kleinen Reibekuchen

Rezept von Heinrich Leipold, Restaurant Schnabuleum

Genau wie die Rieslingschaumsuppe (Seite 92) kommt auch dieses Gericht in einer Szene vor, die in der Straußwirtschaft des Weinguts Pikberg spielt (Vorbild ist das Weingut Kreuzberg in Dernau). Julius diätet – doch das Essen des Abends stellt ihn auf eine harte Probe.

Noch schwerer war es gewesen, den gebeizten Lachs mit Senf-Dill-Sauce und kleinen Reibekuchen auf dem Teller zu lassen, trotz der Gefahr, unhöflich zu sein. Auf jedem Teller hatten gefächert vier dünne Scheiben Lachs übereinandergelegen, daneben ein dicker Klecks Senf-Dill-Sauce. Ringsherum acht Reibekuchen, alles mit Radieschen-Sprossen und geviertelten Kirschtomaten liebevoll dekoriert. Wenn er das geschafft hatte, den knusprigen Duft von in gutem Öl gebratenen Kartoffeln heldenhaft zu ignorieren, was konnte ihm da ein Stück Kuchen anhaben? Das würde ihn nicht bezwingen, nicht ein Stück saftiger Pflaumenkuchen mit einem großen Klecks Zimtsahne, der gerade frisch aus dem Ofen kam und noch warm war ...

Gab es eigentlich keinen Gott auf dieser verdammten Welt?

Julius reißt sich heldenhaft zusammen. Eine Schande, wie ich finde, denn gute Reibekuchen sollte man nie verschmähen, Diät hin oder her.

Zutaten pro kg Lachsfilet (1 kg reicht für 4 Personen):

1 kg Lachsfilet
50 g grobes Salz
70 g Zucker
1 TL weißer Pfefferschrot
½ TL Fenchelsaat
1 TL Senfkörner
1 EL Senfmehl

4 cl Cognac
1 Bund frisch gehackter Dill

Für die Dill-Senf-Sauce:
2 Eigelb
3 EL Moutarde de Montjoie, Ur-Rezept
½ TL Salz
1 EL Zucker
500 ml Öl plus etwas mehr zum Ausbacken (kein Olivenöl)
½ Bund frisch gehackter Dill

Für die Reibekuchen:
2 dicke, mehlige Kartoffeln à 400 g
Salz, Pfeffer
1 Spritzer Essig
1 Ei

Zubereitung:
Die Zutaten für das Lachsfilet bis auf den Fisch gut vermischen und das sauber geputzte Lachsfilet mit der Mischung bestreuen. In einer Frischhaltefolie umwickelt mindestens 48 Stunden gekühlt marinieren. Während dieser Zeit mehrmals wenden – bevorzugt, aber nicht zwingend, im Vakuum durchzuführen.

Die Zubereitung der Dill-Senf-Sauce gleicht einer Mayonnaise: Das Eigelb in eine Schüssel geben, mit Senf, Salz und Zucker vermischen. Unter ständigem Rühren das Öl in einem dünnen Strahl dazugeben. Anschließend die Sauce mit Wasser auf die gewünschte Konsistenz bringen. Am Schluss den gehackten Dill unterrühren.

Für die Reibekuchen dicke mehlige Kartoffeln grob reiben. Die Masse mit Salz, Pfeffer und Essig würzen und das Ei dazugeben, alles mischen und in der heißen Pfanne in Öl ausbacken.

Weinempfehlung

Weingut Jean Stodden
Spätburgunder »Blanc de Noir«

Brunnenkressesuppe

Rezept von Jean-Marie Dumaine, Restaurant Vieux Sinzig

Zutaten für 4 Personen:
2 EL Olivenöl
200 g Zwiebeln oder Schalotten, geschält und in kleine Würfel
geschnitten
2 Knoblauchzehen, geschält und in kleine Stücke geschnitten
100 g Brunnenkressestiele
20 g Lauch (nur der weiße Teil), in Ringe geschnitten
100 g Kartoffeln, geschält und in kleine Würfel geschnitten
50 ml Milch
400 ml Gemüsebrühe
30 ml Weißwein
1 Lorbeerblatt
50 g Sahne
10 g Butter
1 Prise Meersalz
Pfeffer, frisch gemahlener
Muskatnuss, frisch geriebene
20 g Brennnesselblätter, klein geschnitten

Für das Brunnenkresseöl:
50 g Brunnenkresseblätter
100 ml Sonnenblumenöl
Meersalz

Zubereitung:

Das Olivenöl im Topf erhitzen. Zwiebeln, Knoblauch, Brunnenkresse, Brennnesselblätter und weißen Lauch glasig dünsten. Die
Kartoffeln zufügen. Milch, Gemüsebrühe und Weißwein hinzufügen.

Das Lorbeerblatt dazugeben und alles ca. 20 Minuten köcheln lassen.

Das Lorbeerblatt entfernen und die Suppe pürieren.

Für das Brunnenkresseöl die Brunnenkresse waschen, die Stielenden entfernen und grob hacken.

In einer Küchenmaschine mit Öl pürieren und mit Meersalz abschmecken.

Vor dem Servieren Sahne, Butter, Meersalz, Pfeffer, Muskatnuss und auf jedem Teller 1 EL Brunnenkresseöl zufügen.

Weinempfehlung

Weingut Deutzerhof
»Toujours« Spätburgunder Rosé trocken

Maisblini mit Chili-Schokoladen-Sauce und Brokkoliröschen

Rezept von Jean-Marie Dumaine, Restaurant Vieux Sinzig

Im Sinziger Schloss wird zu Ehren der »Anonymen Schoko-holiker« von Julius' Freund Antoine Carême ein Menü gekocht, bei dem in jedem Gang Schokolade eine Rolle spielt (siehe auch Seiten 112, 165 und 167). Julius ist gekommen, um Antoine zur Rede zu stellen, denn es sieht aus, als hätte ihn dieser bei der Polizei angeschwärzt.

Nach »Entenstopfleber mit Schokolade und Espelettepaprika«, »Putenpraline an weißer Safranschokolade mit rosa und grünem Pfeffer«, »Kalbsroastbeef mit Venezuela-Schokoladenorangen«, »Bärlauch mit Ingwer-Barriqueschokolade und Meersalz« und schließlich »Maisblini mit 85%iger Chilischokoladensauce und Brokkoliröschen« schob Julius den kleinen Sinziger Koch auf die Bank im Turmerker. Denn die Erinnerung an den Grund seines Daseins hatte schließlich die glücklich derilierenden Geschmacksknospen überwunden.

Aber kann ein Mensch, der so gut kocht wie Antoine Carême, wirklich ein Verräter sein? Halt! Beantworten Sie die Frage erst, nachdem Sie diesen Gang gegessen haben!

Zutaten für 4 Personen:

Für die Maisblini:
100 g Weizenmehl
50 g Maisgrieß
1 Ei
10 g Sahne
20 ml Sonnenblumenöl
5 g Hefe
1 Prise Meersalz

250 g Maiskörner, tiefgekühlt oder aus der Dose
100 g Comtékäse, gewürfelt
25 g Franzosenkraut (Galinsoga), gehackt
240 g Brokkoliröschen
4 EL Sonnenblumenöl

Für die Chili-Schokoladen-Sauce:
1 EL Kakaopulver
60 g Kuvertüre, 85 % Kakao
1 Chilischote
Meersalz

Zubereitung:

Für die Maisblini Weizenmehl, Maisgrieß, Ei, Sahne, Sonnenblumenöl, Hefe und Meersalz verrühren und 1 ½ Stunden bei
Zimmertemperatur zugedeckt gehen lassen.
Maiskörner, Käse und Franzosenkraut unterheben. Einen EL
der Masse wie einen kleinen Pfannkuchen in heißem Öl ca. 4 Minuten von beiden Seiten goldgelb backen. Auf Küchenpapier abtropfen lassen.

Für die Sauce alle Zutaten mit 100 ml Wasser kochen und pürieren, anschließend abschmecken.

Die Blini mit der Chili-Schokoladen-Sauce servieren.

Weinempfehlung

Winzergenossenschaft Mayschoß-Altenahr
Spätburgunder »Brokat«

111

Putenpraline an weißer Safranschokolade mit rosa und grünem Pfeffer

Rezept von Jean-Marie Dumaine, Restaurant Vieux Sinzig

Antoine Carême vom Restaurant »Frais Löhndorf« hatte heute ein Auswärtsspiel, organisiert von Julius. Die »Anonymen Schokoholiker« des Tals trafen sich im Sinziger Schloss zu einem Menü, bei dem jeder Gang dem dunklen Gold huldigte. Hochgeheim selbstverständlich. Zwar war das überhaupt nicht nötig, denn die Vereinigung mischte ihre Süßwaren nicht mit Haschisch oder Kokain, doch das Versteckspiel gehörte mit zum Vergnügen.

Eines der servierten Gerichte (andere finden sich auf den Seiten 110, 165 und 167) ist diese Putenpraline, welche die spannende Verbindung von Schokolade und Pfeffer bietet.

Zutaten für 4 Personen:

200 g Putenbrust
1 TL Curry
1 TL Meersalz
1 TL Zucker
24 Safranfäden
100 g weiße Kuvertüre »Ivoire« von Valrhona, in Stücken
rosa Pfefferkörner
grüne Pfefferkörner

Zubereitung:

Die Putenbrust in die Länge schneiden, daumendick ca. 2 x 2 cm Durchmesser. Mit Curry, Salz und Zucker würzen. Die Stücke wurstförmig stramm in Frischhaltefolie wickeln. Mit Küchengarn festbinden. Bei 60 °C 30 Minuten auf einem Rost im Back-

ofen garen. Einen Tag kühl stellen oder 5 Minuten im Tiefkühlfach gut abkühlen lassen.
Die Puten aus der Folie nehmen und in ca. 15–20 g schwere Stücke portionieren.
Safran im Mörser pulverisieren, die Kuvertürestücke bei 28 °C im Wasserbad schmelzen. Jeweils eine Nadel in die Putenstücke stecken und in die Schokolade eintauchen. Auf einem Kuchengitter abtropfen lassen.
Jeweils 3 Pfefferkörner auf die Nadel jeder Praline stecken. Auf einem mit Frischhaltefolie ausgelegten Tablett im Kühlschrank erstarren lassen.

Weinempfehlung

Weingut Jean Stodden
Spätburgunder Blanc de Noir Selection JMD
(= Jean-Marie Dumaine)

Weiße Kräutersuppe mit Kamillenblüten

Rezept von Jean-Marie Dumaine, Restaurant Vieux Sinzig

Diese Suppe ist der erste Gang des Mördermenüs, mit dem Julius im Finale des Romans »In Vino Veritas« den Mörder aus der Reserve locken will. Wird Julius es schaffen, dass dieser die Maske fallen lässt? Dieser befindet sich nämlich unter den geladenen Gästen des Abends im Blauen Salon der »Alten Eiche«. Mit den Zutaten der einzelnen Gänge zeigt Julius, dass er dessen Identität kennt und weiß, wie er gemordet hat.

Der erste Gang sollte den Mörder nur leicht irritieren. Zwar gab es sachte Andeutungen, aber er wollte nicht mit der Tür ins Haus fallen.

Eine dieser Andeutungen bemerkte der Ordensmeister der Ehrbaren Ahrtaler Weinbruderschaft von 1682 A.D., Landrat Dr. Gottfried Bäcker, der seinem Parteigenossen aus Oggersheim ähnelte – wie ein jüngerer, ungepflegterer Bruder.

»Noch besser als die Suppe«, warf Landrat Bäcker ein, »ist aber der – ich glaub, es ist mit einem milden Curry – daraufgepuderte Umriss der Burg Are. Nicht nur ein Wahrzeichen unseres Tals, sondern auch Wappen unserer altehrwürdigen Weinbruderschaft. Das lob ich mir!«

Sommelier François reicht zu dem Gericht übrigens einen mit Rappen vergorenen Rotwein aus Baden – auch das ein Hinweis für den Mörder. Aber nicht unbedingt die beste Wahl zur Speisenbegleitung. Jean-Marie Dumaines Weinempfehlung – ein Spätburgunder »Toujours« Rosé trocken – passt da bedeutend besser.

Zutaten für 4 Personen:

200 g Kartoffeln, geschält
50 g Pastinakenwurzel, geschält

50 g Lauch, nur der weiße Teil
50 g Zwiebeln, geschält
50 g Ingwer, geschält
4 Knoblauchzehen, geschält
50 g Ananas, geschält
4 EL Sonnenblumenöl
1 l leichter Kamillentee
100 ml Riesling
500 g Sahne
Meersalz
weißer Pfeffer aus der Mühle
50 g Butter

Für den Tempurateig:
1 Eigelb
½ TL Backpulver
60 g Mehl, gesiebt
1 TL Speisestärke

Außerdem:
20 Kamillenblüten
1 l Öl zum Ausbacken
feines Meersalz
4 Zweige Kamillenkraut

Zubereitung:

Gemüse und Ananas in kleine Stücke schneiden und im Sonnenblumenöl etwa 8 Minuten glasig andünsten. Mit dem Kamillentee und dem Riesling ablöschen und etwa 10 Minuten kochen, bis das Gemüse weich ist.
Pürieren und durch ein Haarsieb streichen. Die Sahne dazugeben und mit Meersalz und Pfeffer würzen.
Kurz vor dem Servieren die gekühlte Butter in Stückchen darunterschlagen und die Suppe nochmals abschmecken.

Für den Tempurateig alle Zutaten mit 100 ml Wasser unmittelbar vor dem Backen zu einem glatten Teig verrühren. Die Blüten von den Stielen befreien und einzeln durch den Teig ziehen. Etwas abtropfen lassen und direkt im 180 Grad heißen Öl knusprig ausbacken. Auf ein Küchenpapier zum Abtropfen legen und mit feinem Meersalz würzen. Auf die Suppe geben und mit frischem Kamillenkraut servieren.

Weinempfehlung

Weingut Deutzerhof
Spätburgunder »Toujours« Rosé trocken

HAUPTSPEISEN

Vino Diavolo, 4. Kapitel

Pilztorte mit Ahrrotweinschalotten und gebratener Gänseleber

Rezept von Stefan Krupp, Restaurant Brogsitters Sanct Peter

Julius ist auf der Flucht – und versteckt sich im Weingut Porzermühle der Familie Herold. Er bedankt sich bei ihnen für den Unterschlupf, indem er etwas für sie kocht.

August Herold hatte sich einen famosen Nachtisch gewünscht (»Zum Nievergessen«), und Christine wollte lieber eine Vorspeise (»Was ganz Leichtes, aber ruhig deftig«). Julius hatte sich entschlossen, beides zu kreieren. In einem einzigen Gericht. Den schwierigsten Teil hatte er bereits im Eisfach, den einfacheren schob er nun in den Ofen. Er hatte Pilze, Kalb und Gänseleber kombiniert sowie einen ungewöhnlichen, von ihm jedoch heiß geliebten Begleiter. Nun hieß es warten. Dann würde er die Torte von Pilzen und Kalb mit Gänselebereis im Schokoladenmantel servieren. Julius freute sich schon auf das Staunen in den Gesichtern. Hoffentlich würde es auch schmecken.

Eigentlich schmeckt Julius die Torte von Pilzen am besten ohne Schokomantel – und genau dieses Rezept findet sich nun hier:

Zutaten für 4 Personen:

pro Person 1 Gänseleber (80 g pro Person)
4 EL Butter zum Anbraten

117

Für den Teig:
130 g weiche Butter
200 g Mehl
1 Ei
1 EL Weißweinessig
1 TL Salz

Für die Pilzfüllung:
400 g gemischte Pilze nach Saison
4 Schalotten
100 g Speckwürfel
2 EL Butter
Salz
Pfeffer
120 g geriebener Käse
250 g Crème fraîche
3 Eier
frisch gehackte Petersilie
frisch gehackter Schnittlauch

Für die Rotweinschalotten:
6 große Schalotten
2 EL Butter
2 EL Zucker
2 Lorbeerblätter
500 ml Rotwein
Salz, Pfeffer
Feldsalat zum Garnieren

Zubereitung:

Die weiche Butter, Mehl, Ei, Weißweinessig und Salz schnell zu einem glatten Teig kneten und in Frischhaltefolie verpackt 1 Stunde kalt stellen.

Für die Füllung die Pilze putzen und klein schneiden. Die Schalotten in Würfel schneiden und mit Pilzen sowie Speckwürfeln in Butter anschwitzen, mit Salz und Pfeffer würzen und auskühlen lassen.

Den Teig ausrollen und in eine gefettete Backform (28 cm Durchmesser) legen, den Rand hochziehen und den Boden mit einer Gabel einstechen.

Den geriebenen Käse mit der Crème fraîche und den Eiern verrühren und die Pilzmasse dazugeben. Mit Salz und Pfeffer abschmecken und Petersilie und Schnittlauch dazugeben. Im vorgeheizten Backofen bei 160 °C 40 Minuten backen.

Für die Rotweinschalotten die Schalotten in feine Streifen schneiden und in der Butter anschwitzen. Dann mit Zucker bestreuen und leicht karamellisieren lassen. Die Lorbeerblätter dazugeben und mit Rotwein ablöschen. Bei kleiner Hitze den Rotwein vollständig verkochen lassen.

Mit Salz und Pfeffer würzen und noch warm auf Teller anrichten. Die Pilztarte portionieren und auf die Teller geben. Die Gänselebern mit jeweils 1 EL Butter in der Pfanne nicht zu scharf anbraten, auf den Teller geben und mit etwas angemachtem Feldsalat garnieren.

Weinempfehlung

Weingut Brogsitter
Ahr-Spätburgunder »Iris« Qualitätswein halbtrocken

Ossobuco mit Ahr-Spätburgundertrauben

Rezept von Christian Schmidt,
Restaurant Brogsitters Sanct Peter

Julius steht immer noch unter Schock, weil der Ehemann seiner Kusine Gisela, der Ahrtaler Spitzenwinzer Siggi Schultze-Nögel, ermordet im Maischebottich aufgefunden wurde. Er ist mehr als erleichtert, dass er abends arbeiten muss:

Er war froh über jedes Stück, das er in die Pfanne legen, jedes Gewürz, das er zugeben konnte, jede Dekoration, die es auf einem Teller zu drapieren galt. Das lenkte ab und ließ ihn nicht an den Mord in der Kelterhalle denken. Nur einmal wurde sein Gedächtnis unangenehm aufgefrischt, als Franz-Xaver, chronisch unsensibel, wie es seine Wiener Art war, mit süffisantem Lächeln erzählte, dass die Weine von Schultze-Nögel besser liefen als je zuvor. Jeder bestelle sie, egal, ob diese zum Essen passen würden oder nicht. Aber selbst der Zorn darüber verrauchte schnell, weil all die verlockenden Gerüche wieder Julius' Geist einnebelten. Als er um ein Uhr morgens in sein barockes Himmelbett fiel, schlief er sofort ein.

Eines der Gerichte, die er kocht und die im Roman genannt werden, ist dieses Ossobuco.

Zutaten für 4 Personen:

10 mittelgroße Schalotten
2 Knoblauchzehen
2 mittelgroße Möhren
1 kleiner Knollensellerie
1 mittelgroße mehlig kochende Kartoffel
4 Scheiben Kalbshaxe (ca. 280 g)
Salz

50 g Mehl
100 ml kalt gepresstes Olivenöl
1 EL Tomatenmark
300 g Strauchtomaten, gewaschen, gehäutet und entkernt
300 ml Ahr-Spätburgunder
500 g Ahr-Spätburgundertrauben
500 ml dunkler Kalbsfond
2 Zweige frischer Rosmarin
5 Zweige frischer Thymian
2 Lorbeerblätter
5 angedrückte Wacholderbeeren
100 g frisches Toastbrot
1 kleines Bund Petersilie
½ unbehandelte Zitrone
Pfeffer aus der Mühle

Zubereitung:

Schalotten, Knoblauchzehen, Möhren, Knollensellerie und Kartoffel (dient zur Bindung) schälen und in Würfel schneiden.
Um keine Knochensplitter im Fleisch zu haben, die Kalbsscheiben kurz unter fließendem kaltem Wasser abspülen und mit Küchenpapier trocken tupfen. Das Fleisch salzen, rundum mit Mehl bestäuben und in einem Bräter mit Olivenöl bei nicht zu großer Hitze goldbraun anbraten.
Das Fleisch herausnehmen und das Gemüse im gleichen Bräter mit dem verbleibenden Bratfett anschwitzen, bis es leicht bräunlich ist.
Nun das Tomatenmark und die Tomaten zugeben, kurz mit anschwitzen und nach und nach mit dem Ahr-Spätburgunder ablöschen und einkochen lassen.
Die angebratenen Kalbsbeinscheiben wieder hinzugeben sowie die Hälfte von den Ahr-Spätburgundertrauben. Mit dem Kalbsfond auffüllen, abdecken und für ca. 1–1 ½ Stunden im auf 180 °C vorgeheizten Ofen schmoren lassen. Das Fleisch währenddessen zweimal wenden und 20 Minuten vor Schluss die Kräuter und Gewürze zugeben.

Nun das Toastbrot in Würfelchen schneiden und in der Pfanne mit etwas Olivenöl rösten. Die restlichen Trauben halbieren, evtl. die Kerne entfernen und zu den gerösteten Croûtons geben. Die gewaschene Petersilie zupfen, grob hacken, zugeben und die unbehandelte Zitrone hineinreiben. Wenn das Fleisch fertig ist, herausnehmen und warm stellen. Den Bratenfond durch ein nicht zu feines Spitzsieb passieren. Den Fond noch ein wenig einkochen lassen und mit Pfeffer und evtl. Salz abschmecken.

Das Fleisch vorsichtig wieder zur fertigen Sauce geben, um es nochmals zu erhitzen, dann anrichten und mit der Croûtons-Trauben-Mischung garnieren.

Tipp: Als Beilage eignen sich Thymiankartoffeln und weißer Spargel.

Weinempfehlung

Weingut Brogsitter
Spätburgunder trocken »Edition Ad Aram«

Sauerbraten vom Rind

Rezept von Daniel Nietgen, Restaurant Hofgarten

Rheinischer Sauerbraten. Wenn er gut war, dann war er ein Ge-dicht. Mundart im wahrsten, im leckersten Sinne. Und hier war er gut. Und hier saß man auch gut. In der rustikalen Atmosphäre wurden keine Haltungsnoten für die Gäste vergeben. Auch ge-pflegte Kleidung war keine Voraussetzung, um einen Platz zu er-gattern. Der Hofgarten, die Gutsschänke des Schultze-Nögel'schen Weinguts, in Dernau von einem Verwandten betrieben, war ein weiterer kulinarischer Arm der Sippe. Julius war gern gesehener Gast, und das nicht nur, weil er ab und an eines seiner kleinen Koch-geheimnisse verriet.

Der Hofgarten in Dernau heißt wirklich so – nur ist er nicht die Gutsschänke des Weinguts Schultze-Nögel, sondern die des Wein-guts Meyer-Näkel, was Ahrweinfans natürlich auf Anhieb erken-nen. Passenderweise stammt dieses Rezept nun auch von der Mannschaft des Originalhofgartens. Julius isst übrigens nicht nur dort, weil es lecker schmeckt, sondern weil er Hans-Hubert Rude zum Mord an Siggi Schultze-Nögel und zu einer Bootstour mit dem im Burgund befragt. Rude findet den Rheinischen Sauerbra-ten so klasse, dass er beschließt, ihn auch in seinem eigenen Res-taurant in Bad Neuenahr auf die Karte zu nehmen – allerdings so, wie er früher gekocht wurde: mit echtem Pferdefleisch. Die Sache floppt natürlich fürchterlich. Deshalb hier das pferdlose Rezept.

Zutaten für 10 Personen:

1,25 l trockener Rotwein
300 ml Rotweinessig
2 Bund Suppengrün
5 Zwiebeln
einige Pfefferkörner

5 Lorbeerblätter
10 Wacholderbeeren
5 Pimentkörner
einige Senfkörner
5 kg Rindersemerrolle
Salz
75 g Schweineschmalz
300 ml Rinderbrühe
250 g Pumpernickel
300 g Frühstückskuchen
250 g Rübenkraut
1 Handvoll Rosinen

Zubereitung:

Rotwein und Essig mischen. Suppengrün und Zwiebeln klein schneiden. Das Gemüse, Pfefferkörner, Lorbeerblätter, Wacholderbeeren, Pimentkörner, Senfkörner und Fleisch mit der Marinade mindestens 4 Tage bedeckt kalt stellen. Danach das Fleisch trocken tupfen, salzen und im Schmalz rundherum anbraten, mit der Marinade und der Rinderbrühe nach und nach ablöschen. Im geschlossenen Bräter ca. 1 Stunde schmoren lassen. Das Fleisch wenden, Pumpernickel, Frühstückskuchen und Rübenkraut dazugeben und weitere 30–45 Minuten schmoren lassen, dabei das Fleisch immer wieder wenden. Abschließend das Fleisch herausnehmen und warm halten. Die Sauce durch ein Sieb streichen und die Rosinen hinzufügen. Je nach Geschmack noch 1 Spritzer Balsamico-Essig hinzufügen. Den Braten in Scheiben schneiden und anrichten, einen Teil der Sauce darübergeben und mit Kartoffelklößen und Apfelkompott servieren.

Weinempfehlung

Weingut Meyer-Näkel
Frühburgunder trocken

Himmel und Ääd

Rezept von Daniel Nietgen, Restaurant Hofgarten

Bei der Suche nach Rezepten für das Papst-Menü habe ich viele Gerichte eingebaut, mit denen ich groß geworden bin. So wie auch das hier abgedruckte. Julius bekommt das Gericht von seiner neuen Köchin genannt – doch wie jeder Rheinländer kennt er es natürlich längst:

Eine Rezeptjägerin fehlte noch. Die Neue. Rosi Trenkes.
»Jetzt kommt's! Unsere Geheimwaffe«, kündigte FX an. Er schien es ernst zu meinen.»Sie hat gleich fünf Rezepte ausfindig gemacht.« Er strahlte. Irgendetwas musste Julius verpasst haben.

Rosi Trenkes trat vor, die Brust imposant herausgestreckt, den Hintern einige Mikrometer eingezogen, das Militärische schien ihr zu liegen.
»Himmel und Erde«, sagte sie stolz.
»Alter Hut«, sagte Julius.
»Stampes«, sagte sie selbstsicher.
»Kann jedes Kind hier kochen«, sagte Julius.
»Herings-Zauss und Quellmänn«, sagte sie zögerlich. Es kam mit großen Knubbeln über ihre Lippen.
»Da wurden schon Lieder drüber geschrieben, so beliebt ist das«, sagte Julius.
»Aal in Salbei«, sagte sie stockend.
»Das ist die Geheimwaffe? Platzpatronen, FX, nichts als Platzpatronen!«
»Buttermilchbohnensuppe?«, fragte sie flüsternd.
»Mit süßen Pfannkuchen. Mein Leibgericht«, sagte Julius, wobei er in die entsetzten Augen Rosi Trenkes' blicken musste.»Und Ihre Ehrenrettung. Ich kenne das zwar alles schon, aber es sind wunderbare Gerichte. Natürlich können Sie nicht alles kennen, was hier traditionell gekocht wird, aber ich bitte, das schleunigst zu ändern.«

»Ich habe sogar einer besonders alten Frau vor dem Friedhof aufgelauert. So eine alte Frau hatte ich noch nie gesehen. Die war mindestens hundert.«

Die gute Rosi Trenkes hatte seine Ansprache wirklich wörtlich genommen. »War das der Stampes?«

»Ja! Woher wissen Sie das?«

»Eine Großtante. Sie lebt quasi auf dem Friedhof. Und kocht den besten Stampes. So, und jetzt geht alle wieder zurück an eure Arbeit. Der Papst bekommt so viel Ahrtaler Küche zu futtern, dass er auch ohne Musik zu schunkeln anfängt. Weggetreten.«

Zutaten für 4 Personen:

Für das Apfelkompott:
6 Äpfel (Boskop)
Saft von 1 Zitrone
6 EL Zucker
1 Prise Zimt

Für das Kartoffelpüree:
1,2 kg mehlig kochende Kartoffeln
Salz
400 g Sahne
4 EL Butter
Salz
Pfeffer
frisch geriebene Muskatnuss

Außerdem:
300 g Blutwurst, in Scheiben geschnitten
300 g Leberwurst, in Scheiben geschnitten
3 EL Mehl
100 g Schweineschmalz
6 große Zwiebeln
500 ml Öl
Salz, Pfeffer

Zubereitung:

Für das Apfelkompott die Äpfel schälen und in kleine Würfel schneiden. In einen Topf geben und mit Zitronensaft beträufeln, Zucker und Zimt dazugeben und bei kleiner Hitze ca. 20 Minuten einkochen.

Für das Kartoffelpüree die Kartoffeln schälen, klein schneiden und in Salzwasser kochen, bis sie weich sind, Wasser abgießen und kurz ausdämpfen lassen. Die Kartoffeln stampfen, die Sahne mit der Butter aufkochen und dazugeben, mit Salz, Pfeffer und Muskatnuss abschmecken.

Die Blut- und Leberwurstscheiben im Mehl wenden und im heißen Schweineschmalz anbraten. Die Zwiebeln in feine Ringe schneiden, im restlichen Mehl wenden und im heißen Öl ausbacken, bis sie goldgelb sind.

Apfelkompott und Kartoffelpüree auf dem Teller anrichten, je 1 Scheibe Blutwurst und 1 Scheibe Leberwurst dazugeben und zuletzt mit den gebackenen Zwiebeln garnieren.

Weinempfehlung

Weingut Meyer-Näkel
»Us de la meng« (Rotwein-Cuvée) trocken

Dippehas (Hasenpfeffer)

Rezept von Martin A. Reuter, Restaurant Hohenzollern

Im Roman »Vinum Mysterium« versucht Julius (der zu diesem Zeitpunkt ein Bein in Gips hat), das perfekte Menü für den Papst zu kreieren, der Deutschland bald einen Besuch abstatten wird – und Julius soll ihn bekochen. Leider hat sich herumgesprochen, dass er klassische deutsche Rezepte dafür sucht. Auch bei seiner Kusine Annemarie …

Julius kroch zurück zur Tür, zog sich am Türknauf hoch, angelte sich die auf dem Boden verbliebene Krücke und öffnete die Tür. Und wer stand dahinter? Seine Kusine Annemarie.

»Ich weiß, was du sagen willst, die Annemarie war doch heute schon da, aber da hat sie eben ein Rezept vergessen. In der ganzen Aufregung, Julius, weil, das muss ich ja schon sagen, man bei dir nie was zu trinken bekommt, wenn man nicht selber fragt. Man säße die ganze Zeit auf dem Trockenen! Also, du brauchst ja auch ein Hauptgericht für den Papst. Und zwar Dippehas –«

»Kenne ich, tschüss, Kusinchen.« Geschmorte Hasenteile in Rotwein-Blut-Schwarzbrot-Sauce. Wenn der Papst als Vorspeise Rotwein bekam, dann zum Hauptgang und vielleicht auch noch zum Nachtisch, würde er sich den ganzen Tag fühlen wie auf der Schiffswallfahrt. Der Boden würde einfach nicht aufhören, so schön zu schwanken.

Er wollte die Tür schnell schließen, doch Annemarie stand bereits im Flur. »Aber nicht meinen! Dippehas ist eine Wissenschaft für sich, Julius, da darf man nicht so schnell, schnell drüber reden. Da bringst du mir jetzt ein Schnäpschen, und dann erklär ich dir mal, wie das richtig geht.«

Und hier steht nun, wie Dippehas am richtigsten geht!

Zutaten für 4 Personen:

1 ganzer Hase (küchenfertig)

Für die Marinade:
150 g Möhren, gewürfelt
150 g Zwiebeln, gewürfelt
60 g Knollensellerie, gewürfelt
2 Gewürznelken
6 Wacholderbeeren
2 Lorbeerblätter
2 Zweige Rosmarin
80 ml Rotweinessig
100 ml Frühburgunder

Außerdem:
150 g roher Speck, geräuchert und durchwachsen
Salz
4 EL Mehl
2 EL Pflanzenöl
4 cl Cognac
250 g Perlzwiebeln, geschält
20 g Butter
200 g kleine weiße Champignons, geputzt
Pfeffer
125 ml Schweine- oder Hasenblut
1 EL frisch gehackte Petersilie

Zubereitung:

Den Hasen zerlegen. Dafür die Vorderläufe einmal und die Keulen zweimal durchtrennen. Den Rücken in vier gleiche Stücke teilen. Das Fleisch in eine Schüssel legen. Gemüse, Kräuter, Gewürze, Essig und Rotwein dazugeben. Über Nacht abgedeckt im Kühlschrank marinieren.
Am nächsten Tag das Fleisch und das Gemüse aus der Marinade nehmen und abtropfen lassen, dabei die Marinade in einer Schüssel aufheben.

Den Speck in Streifen schneiden und in Salzwasser blanchieren. Die Hasenteile in Mehl wenden und mit dem Speck in Öl anbraten. Sobald alles Farbe angenommen hat, herausnehmen und das abgetropfte Gemüse anbraten. Mit Cognac ablöschen und alle Flüssigkeit einkochen lassen. Die aufgefangene Marinade angießen, aufkochen und abschäumen. Nun die Hasenteile wieder einlegen. Den Topf verschließen und im Ofen 70–90 Minuten bei 180 °C schmoren. Das Fleisch erneut herausnehmen und warm stellen. Die Perlzwiebeln mit Butter in einer Pfanne anschwitzen. 4 EL Wasser angießen und zugedeckt ca. 10 Minuten dünsten. Champignons zufügen und 5 Minuten mitdünsten. Den Schmorfond durch ein feines Sieb passieren, aufkochen, abschäumen, entfetten und das Blut langsam hineinlaufen lassen. Die Sauce darf jetzt nicht mehr aufkochen! Alles in eine Servierschüssel geben. Den Hasen, Speck, Perlzwiebeln und Champignons beigeben, mit Petersilie bestreuen und servieren.

Walnusskerne und/oder Orangenspalten passen gut zu diesem Gericht.

Weinempfehlung

Weingut Jean Stodden
Ahrweiler Rosenthal »Großes Gewächs« Spätburgunder trocken

Winterliche Schmorente mit Rotkohl

Rezept von Gerd Lanz, Restaurant Lanz am Kautenturm

Julius hat die »Saucenorgel« erdacht, mit der er neue Saucen kreieren kann. Doch dann stellt er sich die wichtige Frage: Wozu würde er sie servieren können?

Julius kochte wie ein Derwisch. Das fertige Gericht trug er zum Fenster, um es im Tageslicht besser sehen zu können. Winterliche Entenbrust. So würde er es nennen. Aber jetzt würde er es erst einmal essen.

Und hier ist Julius' Entenbrust in einer neuen Interpretation.

Zutaten für 2 Personen:

1 kg Rotkohl, geschnitten
250 ml Rotwein
250 ml Orangensaft
2 Äpfel, 1 gewürfelt, 1 in Spalten
Nelken
1 Lorbeerblatt
1 Ente (1,8–2,2 kg)
Salz
Pfeffer
1 EL Kräuter der Provence
2 große Zwiebeln, geschält, 1 gewürfelt, 1 im Ganzen
100 g geräucherter Schweinebauch
100 g Johannisbeergelee
Zimt
Zucker
2 EL Speisestärke

Für die Sauce:
Entenflügel, -hals, -herz und -magen
Wurzelgemüse

Zubereitung:
Rotkohl mit Rotwein, Orangensaft, Apfelwürfeln, Nelken, Lorbeerblatt und Pfeffer vermischen und über Nacht marinieren.
Die Ente mit Salz, Pfeffer und Provencekräutern innen und außen würzen, mit den Apfelspalten und der ganzen, geschälten Zwiebel füllen und mit etwas Wasser zugedeckt im Bräter bei 160 °C ca. 60–75 Minuten im Umluftofen garen. Wenn sie gar ist bei 200 °C knusprig braten.
Aus den Entenflügeln, Hals, Herz und Magen mit Wurzelgemüse eine Sauce bereiten.
Schweinebauch mit der gewürfelten Zwiebel in Entenfett andünsten, Rotkohl mit Marinade hinzugeben und zugedeckt garen. Mit Salz, Johannisbeergelee, Zimt und Zucker abschmecken. Speisestärke mit Rotwein auflösen und den Rotkohl binden.

Als Beilagen werden Klöße und gefüllter Backapfel gereicht. Die Keulen werden als Nachservice gereicht.

Weinempfehlung
Ahrweiler Winzerverein
Cuvée Kautenturm (Rotwein-Cuvée) trocken

Huhn à la Fronto

Rezept von Gerd Lanz, Restaurant Lanz am Kautenturm

Immer wieder spielt im Krimi»In Dubio Pro Vino« die römische Vergangenheit des Ahrtals eine Rolle. Julius selbst modernisiert im Roman historische römische Gerichte, die aus dem berühmten Kochbuch des Marcus Gavius Apicius stammen. Dieser lebte zu Zeiten von Kaiser Tiberius und galt als größter Verschwender und Prasser aller Zeiten. Er beging schließlich Selbstmord, weil er meinte, sein Geld reiche nicht mehr für einen erfüllten Lebenswandel. Dabei war er nach heutigen Maßstäben Millionär. Julius erläutert seinen Ansatz so:

»Apicius' Kochbuch bietet meist nur grobe Anleitungen, kaum Mengenangaben oder Kochzeiten. Man braucht Phantasie, um damit zu kochen. Bestimmt fragen Sie sich, ob das, was Sie heute Abend essen werden, authentisch ist. Ob so an gleichem Ort und Stelle auch vor rund 2.000 Jahren gespeist wurde. Die Antwort ist: Eher nein. Nicht nur, weil das Kochbuch ungenau ist und die Mengen der verwendeten Zutaten sich deshalb stark von den damals verwendeten unterscheiden können. Sondern auch, weil wir die Gerichte verfeinert haben. Ein wichtiger Unterschied besteht zum Beispiel darin, dass die alten Römer zu heftigem Würzen neigten. Der Eigengeschmack von Speisen war nicht besonders wichtig, manchmal sollte er auch ganz bewusst übertüncht werden. Da werden wir der historischen Küche untreu. Wir interpretieren sie nach heutigen Gesichtspunkten, so wie auch die Interpretation klassischer Musik einem Wandel – zum Teil auch was Instrumente angeht – unterworfen ist. Ich hoffe, Sie sind nicht enttäuscht, dass es keine Flamingos oder Haselmäuse gibt. Dafür ist zurzeit leider keine Saison.«

Und dann stellt Julius die Gerichte vor, welche bei seinem römischen Festessen aufgetragen werden: eine Vorspeise von Aprikosen, danach Linsen mit Kastanien, gefolgt von Huhn à la Fronto, als Hauptgang gedünstetes Zicklein und als Dessert Eiercreme. Seine Beschäftigung mit der römischen Küche führt später übrigens zu einem Treffen mit einem ganz besonderen Vertreter der römisch-katholischen Kirche ...

Zutaten für 2 Personen:
1 Freilandpoularde oder Schwarzfederhuhn
1 Bouquet garni
Salz
Pfeffer
Pizzagewürz
Sojasauce
2 EL Butterschmalz
je 100 g Möhren, Sellerie, Lauchzwiebeln, Zucchini,
Champignons, Paprika, in 2 cm große Würfel geschnitten
500 g kleine Kartoffeln, die auch mit Schale gegessen werden
können, vorgegart

Für die Sauce hollandaise:
3 Eigelb
100 ml Marsala
100 g flüssige Butter
Salz
Pfeffer

Zubereitung:

Dem Geflügel vorsichtig einen Teil der Kräuter unter die Haut von Brust und Keule schieben, mit Salz, Pfeffer, Pizzagewürz, Sojasauce und Butterschmalz einreiben und bei 80 °C 2 ½ Stunden im Umluftofen garen.
Einen Teil des Bratfetts in eine Pfanne geben und Möhren, Sellerie und Lauchzwiebeln langsam andünsten, dann die Zucchini, Champignons, Paprika und Kartoffeln zugeben, sodass alles gleichzeitig gar wird.

Mit Salz und Pfeffer abschmecken und die restlichen gehackten Kräuter dazugeben. Jetzt das Geflügel auf das Gemüse setzen und bei 220 °C in den Ofen schieben, bis die Haut knusprig ist. Aus Eigelb, Marsala, Butter, Salz und Pfeffer eine Marsala-Hollandaise herstellen.

Das Geflügel in Brust und Keulen zerlegen, auf dem Schmorgemüse anrichten und leicht mit der Marsala-Hollandaise übergießen.

Weinempfehlung

Ahrweiler Winzerverein
Spätburgunder Blanc de Noir »Weißer Turm« trocken

Rehmedaillon mit Aprikosen-Tomaten-Chutney

Rezept von Gerd Lanz, Restaurant Lanz am Kautenturm

Julius heiratet, und natürlich will er sich selbst um das Hochzeits-
menü kümmern. Der Hauptgang soll Eifeler Rehrücken beinhal-
ten. Julius legt zur Inspiration Jacques Offenbachs Meisterwerk
»Die Großherzogin von Gerolstein« auf. Eine frivol-schmissige
Operette.

*Hatte zwar nichts mit dem Eifelstädtchen gleichen Namens zu
tun, war aber irgendwie trotzdem Eifeler Klassik par excellence!
Das durfte man nämlich nicht so eng sehen.*
*Julius kochte am heimischen Herd, mit kenntnisreichstem Pub-
likum. Herr Bimmel und Felix hatten neben ihm Position bezo-
gen, um die Küchenfliesen von eventuell herabfallenden Fleisch-
stücken säubern zu können. Sie waren die einzige Putzkolonne
der Welt, die im Pelz arbeitete.*
*Julius wollte ein rheinisches Menü, mit Zutaten aus der Umge-
bung und der rheinischen Geisteshaltung. Beschwingt sollten die
Speisen werden, ruhig auch zum Lachen anregen, herzhaft und zupackend, aber auch sinnenfroh und opulent. Damit seine Ehe genauso würde.*

Und so kommt Julius die Idee für das Gericht:

*Während sich die Geschichte um die unerfahrene Regentin Julia
entfaltete, dachte Julius an die perfekte Kombination zu Reh. Das
würzige Fleisch verlangte nach einem süßen Partner an seiner Seite. Julius sah das Reh vor sich, wie es auf dem Wochenmarkt zum
Obststand stöckelte. Hier mal schnüffelte, dort in eine Frucht biss
und sich letztendlich in die Aprikosen fallen ließ.*
Dort schlummerte es glücklich ein.
*So weit, so gut. Reh und Aprikosen war großartig. Aber wo war
das Neue, Unerwartete? Wo der Witz? Er musste noch einmal
über die Zutaten nachdenken. Das Reh stammte aus der Eifel, die*

Aprikose stammte dagegen aus Nordost-China. Sie hatte also einen weiten Weg zurückgelegt. Was brachten heutige Besucher des Ahrtals mit? Und wo kamen die meisten her?
In diesem Moment fuhr ein Wohnmobil am Fenster vorbei. Es hatte ein gelbes Kennzeichen mit schwarzen Lettern. Die Holländer ließen sich auch von keinem Wetter abhalten.
Das war es! Holländer! Und was brachten die mit? Tomaten!
Eifeler Reh mit Aprikosen-Tomaten-Chutney.«

Da kann man nur sagen: Wie gut, dass es die Holländer mit ihren Wohnwagen gibt!

Zutaten für 4 Personen:

100 g Schalottenwürfel
2 EL Olivenöl
500 g Aprikosen, geschält und entsteint
250 g Gelierzucker 3:1
50 ml weißer Balsamico-Essig
Salz, Pfeffer
1 Chilischote, je nach Schärfe dosieren
250 g Kirschtomaten
4 Rehrückenmedaillons à 150 g
2 EL Öl
1 EL Butter
100 ml Crème de Cassis
400 ml Wildsauce

Zubereitung:

Schalottenwürfel in Olivenöl andünsten.
Aprikosen, Gelierzucker und Balsamico unter ständigem Rühren zu einem Kompott kochen. Mit Salz, Pfeffer und Chilischote abschmecken und noch im heißen Zustand die Kirschtomaten beigeben. Das Chutney in verschließbare Gläser abfüllen und abkühlen lassen.
Rehmedaillons in Öl und Butter anbraten und im Ofen bei 140 °C garen, den Bratensatz mit Crème de Cassis ablöschen, Wildsauce

hinzugeben und einkochen, mit einem Stück kalter Butter binden und abschmecken.

Die Rehmedaillons auf der Cassissauce mit 1 EL Chutney auf Tellern anrichten.

Als weitere Beilagen eignen sich Brokkoli, Pilze und Apfel-Kartoffel-Gratin.

Weinempfehlung

Ahrweiler Winzerverein
Ahrweiler Rosenthal Spätburgunder Auslese trocken

Kalbsroulade mit Spitzkohltarte

Rezept von Roger Müller, Restaurant Prümer Gang

Gefüllte Kalbsroulade auf Spitzkohlpüree ist ein Gang im »Menü der Erinnerung«, das Julius für eine ganz besondere Person kocht: das Oberhaupt der römisch-katholischen Kirche. Es besteht aus Klassikern der deutschen Küche, die sich heute kaum noch auf einer Speisekarte finden, darunter auch Ragout fin in der Blätterteigpastete (siehe Seite 149) und Baumkuchenspitzen mit Kompottvariationen (siehe Seite 181). Doch natürlich gibt Julius den Gerichten seinen ganz eigenen Pfiff:

Der Papst wollte etwas Klassisch-Deutsches, bitte sehr. Und doch war es das nicht. Er hatte alles so raffiniert verfeinert, dass es nichts von der erdrückenden Schwere aufwies, welche die deutsche Küche platt gedrückt hatte. Auch war nichts durchgekocht worden, bis sämtliche Vitamine aus dem Gemüse geflohen waren. Es war neu aus alt. Der Papst würde es lieben.

Julius liebt es auf jeden Fall: Er genoss die sahnig-würzige Spitzkohltarte. Das fällt einem auch bei Roger Müllers Spitzkohltarte sehr leicht.

Zutaten für 4 Personen:

Für die Rouladen:
4 Kalbsrouladen aus der Oberschale à 160 g
4 EL Öl
150 g Selleriewürfel
150 g grobe Möhrenwürfel
100 g Lauchwürfel
150 g grobe Zwiebelwürfel
30 g Tomatenmark
500 ml Rotwein
500 ml Kalbsfond (ersatzweise Geflügelbrühe)

1 Zweig Thymian
1 Lorbeerblatt
5 Pfefferkörner
3 Wachholderbeeren
1 EL Speisestärke

Für die Rouladenfüllung:
150 g fein glasierte Schalottenwürfel
150 g ausgelassene Speckwürfel
2 EL Paniermehl
1 EL grober Monschauer Senf
Salz, Pfeffer

Für die Spitzkohltarte:
300 g salziger Mürbeteig
3 mittlere Spitzkohlköpfe, in Streifen geschnitten und
blanchiert
250 g Sahne
1 Msp. zerdrückter Kümmel
6 Eigelb
Salz, Pfeffer
frisch geriebene Muskatnuss
frisch geriebener Parmesan

Zubereitung:

Die Zutaten für die Rouladenfüllung mischen, die Rouladen damit füllen, mit Spießen verschließen und in Öl gut anbraten. Die Rouladen beiseitestellen.
Das Gemüse im selben Bräter anrösten und mit Tomatenmark und Rotwein einen Saucenansatz herstellen. Den Kalbsfond angießen, Gewürze und Kräuter zugeben, die Rouladen einlegen und darin ca. 1 ½ Stunden gar ziehen lassen.
Die fertigen Rouladen herausnehmen, die Sauce durch ein Sieb passieren und auf die gewünschte Konsistenz einkochen lassen.
Zum Schluss mit Speisestärke abbinden und abschmecken.
Für die Tarte eine Springform mit dem Mürbeteig belegen und den Teig am Rand hochziehen. Diesen 15 Minuten blindbacken.

Den Spitzkohl gut ausdrücken und mit den restlichen Zutaten außer dem Parmesan mischen, in die Form füllen und 40 Minuten bei 150 °C goldgelb backen. 10 Minuten vor Schluss mit geriebenem Parmesan bestreuen.

Die Tarte in Stücke schneiden und zur Roulade anrichten.

Weinempfehlung

Weingut Nelles
Spätburgunder »B 52« trocken

Bachsaibling mit Waldpilzen und Spinatravioli

Rezept von Roger Müller, Restaurant Prümer Gang

Die Szene, in welcher Bachsaibling mit Waldpilzen und Spinatravioli auftaucht, zählt zu meinen liebsten Julius-Momenten – nicht nur in »In Vino Veritas«:

Der Satz begann langsam. Die leise schimmernden Akkorde strichen als winterlicher Nebel durch den Raum. Das Thema nahm behäbig Gestalt an, wie ein Eiskristall am Fenster. Julius atmete tief ein, als könnte er damit die Musik in sein Inneres holen. Die Melodielinie wallte jetzt im stürmischen Tutti als Bass für die beiden Celli auf. Und Julius dachte an Fische. Dachte zuerst daran, wie sie im Wasser schwammen. Im Meer, in Flüssen, in Seen. Er versuchte, den Raum um sich herum völlig zu vergessen. Das abgedunkelte Schlafzimmer war nur die Startbahn für seinen kulinarischen Gedankenflug. Das helle, unbehandelte Holz von Kleiderschrank und Kommode arbeitete still vor sich hin, die eigens für diesen Raum von einem befreundeten Maler geschaffenen Bilder, welche die Farben und Formen des Zimmers aufnahmen und weiterführten, hingen oberhalb des Kopfendes wie stille Wächter. Das Tutti endete mit einer Kadenz auf G-Dur, die Tonart wechselte poetisch nach Es-Dur, und Schubert stellte ein neues lyrisches Thema auf. Im selben Moment sah Julius klar vor Augen, wo er seinen Fisch finden würde. In einem Bach.

Später sieht Julius auch noch die Beilagen vor sich – und alles dank Schuberts Streichquartett in C-Dur, D 956. Für die Suppe wird Julius einen ganz besonderen Komponisten brauchen, aber wer das ist, soll hier nicht verraten werden ...

Zutaten für 4 Personen:

Für den Bachsaibling:
50 g Champignons, gewürfelt
50 g Pfifferlinge, gewürfelt (alternativ Kräutersaitlinge und Austernpilze)
50 g Steinpilze, gewürfelt
1 EL Butter
1 EL Schalotten, fein gehackt
2 EL feine Tomatenwürfel (ohne Haut)
½ EL fein gehackter Kerbel
¼ Stange Lauch, in dünnen, langen Streifen
Salz
4 Bachsaiblingsfilets à 120 g (mit Haut, ohne Gräten)
4 EL Olivenöl

Für die Ravioli:
300 g Mehl
3 Eier
1 EL Olivenöl
1 Prise Salz
150 g Spinat, geputzt, blanchiert und fein gehackt
30 g Ricotta oder Magerquark
1 Eigelb
½ EL Schalotten, in Butter angeschwitzt
1 Eiweiß
Salz, Pfeffer
frisch geriebene Muskatnuss
1 EL Butter

Zubereitung:

Die Pilzwürfel in Butter mit den Schalottenwürfeln glasig anschwitzen, die Tomatenwürfel und den Kerbel dazugeben und erkalten lassen.
Die Lauchstreifen in Salzwasser blanchieren.
Die Saiblingsfilets halbieren, mit der Pilzmasse füllen und mit den Lauchstreifen zu kleinen Päckchen binden, dann kurz in

Olivenöl von beiden Seiten auf der Hautseite anbraten und in der Pfanne gar ziehen lassen.

Für die Ravioli aus Mehl, Eiern, Olivenöl und Salz einen Nudelteig herstellen und in dünnen Platten auf der bemehlten Arbeitsfläche ausrollen. Die restlichen Zutaten bis auf die Butter mischen und damit die Ravioli füllen, kurz in Salzwasser kochen, bis sie oben schwimmen, und mit einem Schaumlöffel herausheben. Anschließend die gekochten Ravioli in brauner Butter schwenken – dafür die Butter so lange erhitzen, bis sie nussigbraun wird und sich die Molke abschöpfen lässt. Danach die Ravioli in der Mitte des Tellers anrichten. Die Saiblinge daraufsetzen.

Dazu passt eine einfache Beurre Blanc oder gehobelter Parmesan.

Weinempfehlung

Weingut Deutzerhof
Riesling trocken

Schmorbraten mit Buchweizenknödeln

Rezept von Roger Müller, Restaurant Prümer Gang

Julius hat es endlich geschafft, ein Menü für den Papst zu kreieren, mit dem er zufrieden ist. Natürlich muss es vorher den Segen der katholischen Kirche erhalten. In Form von Pfarrer Cornelius – einem extrem wählerischen Esser.

Pfarrer Cornelius lief vor dem Restaurant auf und ab, als hätte jemand seine Schuhe angezündet. »*Da kommen Sie ja endlich! Wir müssen das jetzt ganz schnell zu Ende bringen, zack, zack, zack! Es ist doch schon alles gekocht, oder? Wenn nicht, dann fahre ich gleich wieder, dann müssen wir nicht weiterreden, wir haben ja auch Köche bei uns im Erzbischöflichen Haus, und im Priesterseminar auch. Die kochen einfach, aber gut, wie es sich gehört. Wollen wir jetzt nicht endlich hineingehen? Ich muss gleich auch direkt wieder zurück!*«

Julius wies wortlos zur Tür, in der Pfarrer Cornelius schneller verschwand, als ein Engel Hosianna sagen konnte.

Natürlich war alles schon fertig, und im Blauen Salon war auch bereits eingedeckt worden.

»*Nun, ich bin gespannt, Herr Eichendorff. Ich bin sehr gespannt. Es wird doch alles gut sein, oder? Das Essen ist ja nun schon sehr bald, und wir hinken meilenweit hinter unseren Planungen her. Das Menü hätte schon längst stehen müssen. Wir konnten ja nicht ahnen, dass es für Sie so kompliziert sein würde. Am Heiligen Vater möchte ich sagen, liegt es nicht. Er hat doch gar keine hohen Anforderungen! Bringen Sie alle Gänge gleichzeitig? Das wäre mir sehr recht. Sehen Sie, wegen der Zeit! Ich möchte nicht unhöflich sein.*«

FX, zwei Kellnerinnen und zwei Kellner trugen die drei Gänge herein.

Julius lächelte zufrieden. Er wusste, dass sie alle Qualifikationen erfüllten.

»Als Vorspeise Fagioli all'uccelletto, eine weiße Bohnensuppe mit Tomaten aus der Toskana. Wir sind uns sicher, dass er diese Suppe zur Feier seiner Papstwahl gegessen hat. Als Hauptspeise einen Alt-Eifeler Schmorbraten mit Buchweizenknödel, die sind eine Hommage an seine Heimat. Und zum Abschluss Heißer Ahr-Spätburgunderkuchen an Zimteis. Et voilà!«

Julius beobachtete zufrieden das Glitzern in den Augen von Pfarrer Cornelius, der sich jede Speise lange ansah.

»Greifen Sie zu!«, ermunterte Julius ihn. »Ich erkläre Sie hiermit zum offiziellen Papstvorkoster.«

Und mit diesem Rezept können auch Sie Papstvorkoster werden – und da Sie selbst kochen sogar völlig ohne Angst vor einem Giftmordversuch …

Zutaten für 6 Personen:

Für den Schmorbraten:
2,5 kg Rinderbug
100 ml Rotweinessig
1 l Rotwein
2 Lorbeerblätter
3 Wachholderbeeren
1 Zweig Rosmarin
3 Knoblauchzehen
1 Möhre, geputzt und in Scheiben geschnitten
¼ Sellerieknolle, geputzt und in Walnussgröße geschnitten
1 Gemüsezwiebel, geputzt und in Walnussgröße geschnitten
ein paar Stängel Petersilie

Außerdem:
1 EL Butterschmalz
1 EL Zucker
1 EL Tomatenmark

Für die Buchweizenknödel:
50 g Buchweizen
Salz

½ Bund Zitronenthymian
500 ml Milch
frisch geriebene Muskatnuss
250 g Weichweizengrieß
3 Eier (Größe M)
Speisestärke

Zubereitung:

Für den Schmorbraten den Rinderbug in sämtliche andere Zutaten einlegen und über Nacht abgedeckt im Kühlschrank marinieren. Am nächsten Tag aus der Marinade nehmen, gut abtropfen lassen, dabei die Marinade auffangen. Das Fleisch in heißem Butterschmalz von allen Seiten gut anbraten. Herausnehmen und in dem Bratensatz das Gemüse der Marinade anbraten. Mit Zucker und Tomatenmark zu einem Saucenansatz vervollständigen. Mit dem Rotwein ablöschen, das Fleisch einlegen und 2 ½ Stunden bei milder Hitze schmoren. Eventuell etwas Wasser zugeben.
Den fertigen Braten herausnehmen, die Sauce passieren und einkochen lassen, dann abschmecken.
Zwischenzeitlich die Buchweizenknödel vorbereiten. Dazu den Buchweizen 30 Minuten in kochendem Salzwasser garen, dann in einem Sieb abtropfen lassen. Thymianblätter abzupfen und fein hacken. Milch mit Salz und Muskatnuss einmal aufkochen, dann von der Kochstelle ziehen. Grieß unter ständigem Rühren einstreuen und so lange weiterrühren, bis sich die Masse vom Topfboden löst.
Die Masse kurz abkühlen lassen, dann Buchweizen, Thymian und nach und nach die Eier zugeben und mit den Knethaken des Handrührgeräts unter den Grießteig kneten. Die Masse kalt stellen und 30 Minuten ziehen lassen.
Aus der Masse mit angefeuchteten Händen 20 kleine Knödel formen, auf eine mit Speisestärke bestreute Arbeitsfläche legen und gleichmäßig rund rollen.
Die Knödel in kochendes Salzwasser geben, wenn sie aufsteigen, bei niedriger Hitze 20 Minuten ziehen lassen.

Die Buchweizenknödel zusammen mit dem Schmorbraten und der Sauce servieren.

Als Gemüsebeilage passen sehr gut saisonale Kohlarten oder Sommergemüse wie Spargel oder Spinat.

Weinempfehlung

Weingut Kreuzberg
Spätburgunder »Devonschiefer« trocken

Ragout fin

Rezept von Hans Stefan Steinheuer,
Steinheuers Restaurant »Zur Alten Post«

*Das Menü war Legende in der »Alten Eiche«. Ein Gast hatte vor
Jahren dafür Pate gestanden. Eine ganze Woche Urlaub hatte sich
der Feinschmecker genommen, um sich durch die komplette Karte
der »Alten Eiche« zu futtern. Zum Abschluss bat er dann um ein
»Menü der Erinnerung«. Nach all der Haute Cuisine hatte es ihn
nach den Genüssen gelüstet, die der deutschen Spitzenküche abhan-
dengekommen waren, die kein Koch mit Anspruch und Verve mehr
zubereitete. Die vergessenen Klassiker – weil die Zutaten zu profan
waren, die Zubereitung zu einfach, die Saucen zu mächtig, weil sie
eben nicht der teuren, kunstvollen Akrobatikküche entsprachen, die
heute durch die Restaurants wirbelte. Julius, der durchaus gerne kulinarisch turnte, hatte der Bitte entsprochen und ein einmaliges Menü
kreiert. Er hatte jeden Gang mit ihm verputzt und sich zwanzig Jahre jünger gefühlt.*

Das Menü besteht aus folgenden Gängen: Kir Royal, Ragout fin
in der Blätterteigpastete, pochiertes Schellfischfilet auf Estragon-
Senf-Sauce mit dicken Bohnen, gebratene Gänseleber mit Apfel-
ringen, Zwiebelpüree und Kartoffelbrei, gefüllte Kalbsroulade
auf Spitzkohltarte (siehe Seite 139), Sauerbraten vom Rinderta-
felspitz auf Johannisbeer-Rotkohl und Kartoffelklößchen in Zimt-
butter sowie Baumkuchenspitzen mit Kompottvariationen (siehe Seite 181). Wenn auch Sie sich zwanzig Jahre jünger fühlen
wollen: nachkochen!

Zutaten für 4 Personen:

Für die Kalbsnuss und Brühe:
500 g Kalbsnuss
2 Lorbeerblätter

1 Nelke
Salz, weiße Pfefferkörner
Petersilienstängel
Gemüsebündel aus Schalotte, Lauch, Möhre, Sellerie

Für die Sauce:
20 g Butter
30 g Mehl
100 ml Weißwein
Saft von ½ Zitrone
2 cl Worcestersauce
Salz, Cayennepfeffer

Außerdem:
200 g Champignons
2 Eigelb
4 cl Sahne
Blätterteigpasteten (nach Belieben)

Zubereitung:
Die Kalbsnuss ca. 1–1 ½ Stunden in 1 l Wasser mit den Gewürzen und dem Gemüsebündel garen und erkalten lassen.
Für die Sauce Butter und Mehl anschwitzen, 200 ml der Kalbsbrühe und den Weißwein zugeben und glatt rühren. Mit Zitronensaft, Worcestersauce, Salz und Cayennepfeffer abschmecken und durch ein Sieb streichen.
Die Champignons und das erkaltete Kalbfleisch in Würfel schneiden. Die Sauce dazugeben und einmal aufkochen. Mit verquirltem Eigelb und Sahne verfeinern.

Nach Belieben zum Beispiel Spargel zugeben, dann das Ragout fin in fertig zu kaufende Blätterteigpasteten füllen.

Weinempfehlung

Weingut Nelles
Grauburgunder trocken

Lotte auf Artischockenragout mit Oliven-Kartoffel-Püree

Rezept von Hans Stefan Steinheuer,
Steinheuers Restaurant »Zur Alten Post«

Julius' Bein ist in Gips, weshalb er nicht am Herd in der »Alten Eiche« stehen kann – natürlich will er trotzdem wissen, was in seiner Küche vorgeht. Vor allem wie die neue Köchin Rosi sich macht. Und er hat einen Weg gefunden:

FX würde heute Julius' Augen und Ohren sein und der guten Rosi auf die Finger schauen. Vereinbart war eine Standleitung. FX rief an und machte das Telefon dann nicht mehr aus. Er ließ es in der Küche nahe Rosis Station liegen und gab ab und an einen Lagebericht ab, unbemerkt ins Telefon sprechend. Das würde Julius natürlich einiges kosten. Aber immerhin war es seine Küche, und dort wurden seine Gäste bekocht.

Bei dieser Liveübertragung wird auch das folgende Gericht erwähnt – und zwar von einem wütenden FX:

»... die Lotte auf Artischockenragout mit Oliven-Kartoffel-Püree wird aber anders angerichtet! Es ist mir herzlich wurscht, was der Souschef gesagt hat, der muss es ja auch net den Gästen vorsetzen. Machen Sie des jetzt bitte anders! Nein? Na, des wird Konsequenzen haben! Meine liebe Rosi, Sie haben sich an Ihrem ersten Abend direkt einen guten Freund gemacht. Ich gratuliere, habe die Ehre ...«

Zutaten für 4 Personen:

Für die Lotte:
1 Seeteufel (= Lotte) (1–1,5 kg)
Salz
Saft von ½ Zitrone
3 EL Olivenöl

Für die Artischocken:
12 Mini-Artischocken (Poweraden)
3 EL natives Olivenöl aus Ligurien
100 ml trockener Weißwein
5 cl Noilly Prat
100 ml Geflügelbrühe
1 Zweig Thymian
1 Knoblauchzehe, geschält
2 Lorbeerblätter
Salz
Cayennepfeffer

Zutaten für das Kartoffel-Oliven-Püree:
250 g gekochte Kartoffeln
100 g Sahne
20 g Butter
4 EL natives Olivenöl
Salz

Zubereitung:
Den Seeteufel ringsherum parieren und graue Sehnen und Haut entfernen, dabei den Fisch an der Gräte lassen. In vier Teile à ca. 180 g schneiden, mit Salz und Zitronensaft würzen und dann in heißem Olivenöl braten.
Die Artischocken putzen, dazu ringsherum alle grünen und harten Blätter abschneiden, den Stängel abschneiden und das Heu entfernen, aushöhlen.
Die geputzten Artischocken mit Olivenöl glacieren. Weißwein, Noilly Prat, Geflügelbrühe, Thymian, Knoblauchzehe, Lorbeerblätter und etwas Salz und Cayennepfeffer zugeben. Ca. 12 Minuten gar kochen, dann die Artischocken herausnehmen.

Für das Kartoffel-Oliven-Püree die gekochten Kartoffeln durch ein feines Sieb streichen. Mit aufgekochter Sahne verrühren, Butter und Olivenöl unterheben. Mit Salz abschmecken.

Zum Anrichten die Artischocken in Ecken schneiden, anbraten und erneut abschmecken. Den gebratenen Seeteufel auf das Kartoffel-Oliven-Püree setzen und die Artischocken außen herum anrichten.

Weinempfehlung

Weingut Meyer-Näkel
Weißburgunder »SR« trocken

Döppekooche mit Speck

Rezept von Hans Stefan Steinheuer,
Steinheuers Restaurant »Zur Alten Post«

Julius kehrt zu Beginn von »In Dubio Pro Vino« aus dem Urlaub zurück, und es treibt ihn in die Küche, denn er will dort endlich wieder den Kochlöffel schwingen. Zwei Wochen ohne eigenen Herd, nur ab und an die Chance – ohne allzu aufdringlich zu sein –, das Reich des Kollegen, dessen Gast er gerade war, nutzen zu können, das hatte zu aufgestauter kulinarischer Energie geführt, die sich in Hacken, Schneiden, Einkochen und Garen entladen wollte. Das Problem: Die Speisekammer war bis auf besonders haltbare Lebensmittel leer, schließlich hatte die »Alte Eiche« noch eine weitere Woche geschlossen.

Julius spürte genau, was er suchte, wonach Herz und Magen verlangten. Er wollte sein Heimweh, das ihn die ganze Reise begleitet hatte und immer noch in den Knochen steckte, einfach aufessen. Julius wollte Kartoffeln, Eier, Zwiebeln und durchwachsenen Bauchspeck finden. War das denn zu viel verlangt? Konnte die Welt so grausam sein, ihm dies vorzuenthalten? Er pirschte sich an den Kühlraum, öffnete ihn überraschend und sprang überfallartig hinein.

In die gähnende Leere.

Er würde nicht bekommen, was sein Körper verlangte.

Kein Döppekuchen heute. Kein Eifeler Nationalgericht für ihn. Die »Gans der armen Leute« hatte seine Großmutter das Gericht genannt – und Julius hatte in kindlichem Unwissen gerne arm sein wollen. Am besten jeden Tag morgens, mittags und abends. Und am liebsten so arm, dass er doppelt bekam.

Julius trat wieder aus dem Kühlraum und zog die Tür frustriert hinter sich zu. Sein Hirn begann durchzuspielen, was passiert wäre, wenn die Küche prall gefüllt gewesen wäre. Es wäre würzig, zupackend, ohne subtile Geschmacksnoten gewesen, ohne Anbiederungen an die Haute Cuisine, ohne Verfeinerungen, die doch nur von der Kraft des Eigentlichen ablenken würden. Kein Bärlauch, kein

Zitronengras, kein begleitendes Gläschen lauwarmer Spargelsaft.
Nein, dies war ein Gericht, das nicht in die Annalen der Küchenkul-
tur eingehen, sondern einfach nur den Hunger stillen wollte.

Julius kann es sich leider nur vorstellen, Sie können es jetzt auch
zu Hause kochen. Eifeltypischer geht es nicht.

Zutaten für 4 Personen:

1,5 kg Kartoffeln (Linda, Sieglinde oder Cilena)
100 g Zwiebeln
100 ml Pflanzenöl
3 Eier
1 EL Haferflocken
Salz, weißer Pfeffer
frisch geriebene Muskatnuss
200 g Speck (am besten Bacon)
6 Mettwürstchen

Zubereitung:

Die rohen Kartoffeln schälen und fein reiben, die Zwiebeln in
Würfel schneiden und in einem Topf im Pflanzenöl glacieren.
Die Kartoffeln (mit Saft und Stärke) mit Eiern und Haferflocken
mischen. Die Masse mit etwas Salz, weißem Pfeffer und Mus-
katnuss abschmecken und in einen gusseisernen Topf mit De-
ckel geben.
Den Bacon in feine Streifen von ca. 3 cm Länge schneiden, die
Mettwürstchen in Scheiben schneiden und untermischen.
Im Ofen mit Deckel bei ca. 180 °C 2 Stunden garen. Die Masse
sollte sich lösen, sonst an den Rändern etwas Öl nachgießen.
Zum Servieren, wenn möglich, auf eine Platte stürzen.

Dazu reicht man Apfelmus.

Weinempfehlung

Weingut Kreuzberg
Spätburgunder »Devonschiefer« trocken

Das Beste vom Milchzicklein auf bunten Zwiebeln

Rezept von Hans Stefan Steinheuer,
Steinheuers Restaurant »Zur Alten Post«

Dies ist der Hauptgang aus Julius Eichendorffs »Römischem Menü«. Mehr dazu unter »Huhn à la Fronto« auf Seite 133. Julius stellt dieses geladenen Journalisten vor und erwähnt dabei eine Besonderheit der römischen Küche, die mich bei der Recherche ebenso überrascht wie fasziniert hat:

»Die Römer kannten sogar eines unserer modernsten Kücheninstrumente: den Kühlschrank. Das hing mit ihrem ausschweifenden Lebensstil zusammen. Nach der Devise, was teuer ist, muss auch gut sein, waren Lebensmittel aus fernen Ländern beliebt. Diese wurden teils auf Eis oder Schnee auf langen Transportwegen herbeigekarrt.«

Das Gericht ist im Roman als »Gedünstetes Zicklein« aufgeführt – Sternekoch Hans Stefan Steinheuer zeigt, was sich hinter diesem ganz unspektakulären Namen versteckt.

Zutaten für 4 Personen:

Für die Zickleinspieße und Crépinettes:
1 Zickleinrücken am Knochen mit langen Rippen
Salz
Pfeffer
30 g Shitakepilze
50 g Putenfarce
100 g Schweinenetz (für die Crépinettes)
2 Zickleinnieren
1 Zickleinleber
4 Zweige Rosmarin

Für die Zickleinschulter und das Schmorgemüse:
1 Zickleinschulter
Salz
Pfeffer aus der Mühle
2 Zwiebeln, in Würfel geschnitten
50 g Staudensellerie, in Würfel geschnitten
1 kleine Möhre, in Würfel geschnitten
1 Lorbeerblatt
1 kleiner Zweig Rosmarin
1 Zweig Thymian
2 Knoblauchzehen, geschält
100 ml Weißwein
500 ml Brühe

Für das Zwiebelgemüse:
4 weißhäutige italienische Zwiebeln
4 rote Zwiebeln
200 ml Weißwein
1 Zweig Rosmarin
200 ml Rotwein
1 Zweig Thymian
100 g Perlzwiebeln
5 cl Weißwein zum Karamellisieren
20 g Zucker zum Karamellisieren
8 Lauchzwiebeln

Für die Kruste:
1 EL frisch gehackte Petersilie
1 Zweig Rosmarin
1 Zweig Thymian
2 Scheiben Toastbrot, gerieben
50 g Butter, zerlassen

Außerdem:
100 ml Olivenöl zum Braten
Butter zum Braten

Zubereitung:

Den Zickleinrücken auslösen und parieren, sodass die langen Rippenknochen am Rückenfilet bleiben (Zickleinkarree). Den flachen Teil des Rückens auslösen und zu 4 Medaillons plattieren und mit Salz und Pfeffer würzen. Die Knochen hacken und beiseitestellen.

Die Shitakepilze putzen, in Scheiben schneiden, würzen und mit der Putenfarce verrühren. Diese Farce auf die Medaillons streichen und mit dem vorher gewässerten, dann ausgepressten Schweinenetz umwickeln.

Die Zickleinnieren halbieren, die Zickleinleber in 8 Scheiben schneiden und das Ganze auf 4 Zweige Rosmarin aufspießen.

Die Zickleinschulter mit Salz und Pfeffer würzen und von beiden Seiten kurz in einer Kasserolle anbraten, danach mit dem Schmorgemüse, den Kräutern, dem Knoblauch und den beiseitegestellten gehackten Knochen bedecken und mit Weißwein angießen. Alles zusammen ca. 1 Stunde (je nach Größe der Zickleinschulter) schmoren lassen.

Die gegarte Zickleinschulter aus dem Gemüse nehmen und auslösen. Gemüse und Knochen anrösten, mit etwas Brühe nach und nach angießen, auffüllen und ca. 20 Minuten kochen lassen, danach etwas pürieren und durch ein Sieb streichen. Es sollten ca. 150 ml leicht gebräunter Fond übrig bleiben.

Für das Zwiebelgemüse weiße und rote Zwiebeln schälen, sechsteln und ausbrechen. Die weißen Zwiebeln in Weißwein mit Rosmarin glacieren, die roten in Rotwein mit Thymian. Die Perlzwiebeln schälen und mit Weißwein und Zucker karamellisieren. Die Lauchzwiebeln halbieren und blanchieren.

Das Zickleinkarree mit Salz und Pfeffer aus der Mühle würzen, anbraten und ca. 6–8 Minuten im Ofen bei 180 °C rosa garen. Die Medaillons im Schweinenetz von beiden Seiten kurz anbraten und ca. 5 Minuten im Ofen bei gleicher Temperatur braten.

Die Rosmarin-Innereien-Spieße würzen und in Butter rosa braten.

Die geschmorte Zickleinschulter und das Zickleinkarree mit der Kruste aus gehackter Petersilie, Rosmarin, Thymian, geriebenem Toastbrot und zerlassener Butter gratinieren und aufschneiden.

Zum Anrichten das aufgeschnittene Zickleinkarree, die Crépinettes, die geschmorte Zickleinschulter und die Rosmarin-Innereien-Spieße auf die bunten, nochmals erhitzten und abgeschmeckten Zwiebeln legen. Den Zickleinsud leicht buttern, abschmecken und angießen.

Weinempfehlung

Weingut Stodden
Spätburgunder Auslese »JS« trocken, lange Goldkapsel

Gefüllter Kaninchenrücken mit Herbsttrompeten in Lorbeerbutter gebraten

Rezept von Hans Stefan Steinheuer,
Steinheuers Restaurant »Zur Alten Post«

Mit diesem Gang bekommt der Täter im Finale des Romans »In Vino Veritas« das Mordmotiv – in Form einer Zutat – dargereicht. Er ist Teil einer Gruppe, die Julius in den Blauen Salon der »Alten Eiche« eingeladen hat. Julius will, dass er sich zu erkennen gibt – was er schlussendlich auch tut, nur völlig anders, als Julius gedacht hat. Von besonderer Wichtigkeit ist bei diesem Gericht auch der begleitende Wein.

»Es ist einer der wahrhaftigen Schätze unseres an Schätzen wahrhaftig nicht armen Weinkellers.« François hob ein wenig das Kinn, *sichtlich stolz auf das kleine Wortspiel.* »Ein 90er La Tâche, eine der berühmtesten Lagen des Burgunds, die sich zudem in Alleinbesitz befindet. Damit ist dieser Wein nicht ein La Tâche, sondern der La Tâche. Verzeihen Sie mir meinen Enthusiasmus!«*

Franz-Xaver verschwand leise in Richtung Küche, um Rapport zu erstatten.

»Und?«, fragte Julius. »Sind schon Anzeichen von Nervosität festzustellen?«

»Nada. Es würd mir übrigens wirklich helfen, wenn du mir sagen tätst, wen ich im Aug behalten muss!«

»Das kann ich nicht. Dann würdest du dich der Person gegenüber anders verhalten, und sie würde den Braten riechen. Das ist mir zu riskant.« Julius rührte gedankenverloren in einer Sauce.

»Ich kann nicht verstehen, dass noch keiner reagiert hat! Ich hatte gehofft, dass nach diesem Gang schon jemand aufsteht und geht.«

»Tja, verkocht!«, spöttelte Franz-Xaver.

Wie sich später zeigt, hat Julius sich nicht verkocht, sondern einen Treffer nach dem anderen gelandet. Vor allem dank dem »Salat von Herbsttrompeten« kommt es nach dem Menü zum Showdown im Hof der »Alten Eiche«.

Zutaten für 4 Personen:
2 Kaninchenrücken
Pflanzenöl zum Braten
10 Lorbeerblätter
Für die Putenfarce:
60 g Putenbrust
50 g Sahne
1 Eigelb
¼ Scheibe Toastbrot, ohne Rinde
1 EL Sherry
Salz, Pfeffer aus der Mühle
200 g Herbsttrompeten
2 EL Pflanzenöl
20 g Blattpetersilie

Für 100 g Schalottenpüree:
100 g Schalotten
10 ml Öl
1 Zweig Rosmarin
1 Zweig Thymian
200 ml Rotwein
300 ml ungesalzene Rinderbrühe
Salz, Pfeffer aus der Mühle

Für das Zwiebelgemüse:
200 g weiße Perlzwiebeln (nicht zu klein)
20 g Butter
100 ml ungesalzene Rinderbrühe
1 EL Balsamico-Essig
2 Lorbeerblätter
1 Zweig Rosmarin
1 Knoblauchzehe, geschält
Salz, Pfeffer aus der Mühle

Für die Kaninchensauce:
Kaninchenknochen
1 Zwiebel, in Würfel geschnitten
50 g Staudensellerie, in Würfel geschnitten
1 kleine Möhre, in Würfel geschnitten
3 Lorbeerblätter
1 Zweig Rosmarin
1 Zweig Thymian
2 Knoblauchzehen, geschält
100 ml Weißwein
500 ml Brühe
10 Pfefferkörner
1 EL Crème frâiche
40 g Butter
2 cl Sherry

Außerdem:
200 g Herbsttrompeten
2 EL Pflanzenöl
2 EL Blattpetersilie

Zubereitung:
Kaninchenrücken hohl auslösen, sodass die Lappen an dem Rücken bleiben. Die Knochen beiseitestellen. Die Lappen etwas nachparieren. Dickere Sehnen entfernen, es dürfen aber keine Löcher entstehen.

Für die Putenfarce die gut gekühlten Zutaten (Pute, Sahne, Eigelb, Toast, Sherry, Salz, Pfeffer) kalt mixen und passieren. Die Herbsttrompeten putzen, in Pflanzenöl anbraten, salzen und pfeffern. Auf einem Baumwolltuch ausbreiten, Fett und Wasser ausdrücken und kalt stellen.

Die kalten Herbsttrompeten unter die Farce heben und dazu fein geschnittene Blattpetersilienblätter geben.

Die ausgelösten Kaninchenrücken salzen und pfeffern und die Farce in die Bauchöffnung verteilen, die Lappen überschlagen und die Rolle mit Bratkordel ringweise binden. In Pflanzenöl kurz anbraten und dann mit den Lorbeerblättern im Ofen bei 120 °C Umluft ca. 20 Minuten garen. Die Kerntemperatur muss 55 °C betragen, mit einem Thermometer nachmessen.

Für das Schalottenpüree die Schalotten schälen und in Scheiben schneiden. In einem Topf im heißen Öl anschwitzen und leicht Farbe annehmen lassen. Die Kräuterzweige zugeben und mit Rotwein ablöschen. Bei mittlerer Hitze reduzieren lassen, dann Rinderbrühe zugeben und bei schwacher Hitze einkochen, bis die Flüssigkeit verkocht ist. Auf einem Blech im 100 °C heißen Ofen ca. 20 Minuten ausdampfen lassen. Kräuterzweige entfernen, pürieren und mit Salz und Pfeffer abschmecken.

Für das Zwiebelgemüse die Perlzwiebeln schälen, 5 Stück beiseitestellen und die restlichen Zwiebeln in Butter glacieren, mit Rinderbrühe und Balsamico-Essig angießen. Kräuter und Knoblauchzehe zugeben, salzen und pfeffern und abgedeckt im Ofen bei 180 °C ca. 30 Minuten garen. Dann herausnehmen und halbieren, auf den Innenflächen kurz nachbraten.
Pro Portion werden 3 halbe Zwiebeln benötigt. Bei zwei Hälften das Kerngehäuse entfernen. Die erste mit dem Schalottenpüree, die zweite mit Perlzwiebelwürfeln füllen. Dafür die 5 übrigen Zwiebeln in feine Würfel schneiden und im Sud der anderen Zwiebeln garen und reduzieren.
Die dritte Zwiebelhälfte bleibt ungefüllt und wird nur angebraten.

Für die Kaninchensauce die Kaninchenknochen von allen Seiten kurz in einer Kasserolle anbraten, danach mit dem Schmorgemüse, den Kräutern und Knoblauch kurz braten und Weißwein und Brühe angießen. Alles zusammen ca. 1 Stunde kochen, danach durch ein Sieb streichen und auf 200 ml reduzieren. Crème frâiche, Butter und Sherry einrühren und abschmecken.

Die Herbsttrompeten putzen, waschen und ausdrücken, in Pflanzenöl anschwitzen. Mit Salz und Pfeffer würzen.

Zum Anrichten den Kaninchenrücken kurz unter der Oberhitze des Backofens heiß stellen. Die Bratkordel entfernen und den Kaninchenrücken aufschneiden, auf den Teller geben, mit Perlzwiebeln und Herbsttrompeten anrichten und die Sauce angießen.

Weinempfehlung

Weingut Deutzerhof
Frühburgunder »Alpha & Omega« trocken

Kalbsroastbeef im Kräuterheu,
rosa gebraten mit Holundersauce au Chocolat

Rezept von Jean-Marie Dumaine, Restaurant Vieux Sinzig

Julius ist ins Sinziger Schloss gekommen, weil hier sein alter Freund Antoine Carême vom »Frais Löhndorf« (Pate für die Figur stand Jean-Marie Dumaine vom »Vieux Sinzig«) ein Schokoladenmenü für die »Anonymen Schokoholiker« des Ahrtals kocht.

Julius' Nase wurde umschmeichelt. Die brasilianische Schokolade eroberte seinen Geruchssinn am schnellsten, während die ghanaische sich länger Zeit ließ, dafür aber umso mächtiger auftrat. Es kam Julius vor, als habe Antoine die beiden vorgeschickt, um seine Wut zu schmälern.

Julius ist nämlich sauer auf Antoine, doch bevor es zur Aussprache zwischen den beiden kommt, präsentiert der in der Normandie geborene Koch ihm seine Kreationen – darunter diese grandiose Roastbeefvariation.

Im Roman ist von »Kalbsroastbeef mit Venezuela-Schokoladenorangen« die Rede – Antoine Carême höchstselbst hat das Gericht mittlerweile weiterentwickelt (mit Julius' Segen versteht sich). Andere Gerichte des Schokoladen-Menüs finden sich übrigens auf den Seiten 110, 112 und 167.

Zutaten für 4 Personen:

600 g Roastbeef, küchenfertig
Meersalz
Pfeffer aus der Mühle
2 EL Olivenöl
50 g Kräuterheu (getrocknete Wiesen- und Gartenkräuter wie Dost, Pimpernell, Wildmöhren, Rucola, Quendel,

Johanniskraut, Schafgarbe, Beifuß, Mädesüß)
Fleur de Sel, Pfeffer aus der Mühle

Für die Holundersauce au Chocolat:
1 TL Zucker
1 TL Weinessig
100 ml Holunderbeerensaft
50 g belgische Bitterschokolade
4 Holunderblüten zum Garnieren

Zubereitung:

Das Roastbeef mit Meersalz und Pfeffer aus der Mühle würzen und im heißen Olivenöl von allen Seiten anbraten. Aus der Hälfte der getrockneten Kräuter ein Kräuterbett im Bräter zusammenstellen. Das angebratene Roastbeef darauflegen und mit der zweiten Hälfte der Kräuter bedecken. Den Topf verschließen und kurz vor dem Servieren im vorgeheizten Backofen bei 180 °C 15 Minuten garen. Vor dem Öffnen 10 Minuten ruhen lassen.

Für die Holundersauce au Chocolat den Zucker leicht karamellisieren. Mit Essig, Holunderbeerensaft und der Schokolade aufkochen. Mit dem Schneebesen glatt rühren. Zum Anrichten das Fleisch mit der Sauce überziehen und mit Holunderblüten garnieren.

Weinempfehlung

Weingut J. J. Adeneuer
Walporzheimer Gärkammer
Spätburgunder trocken

Weingut Kreuzberg
»Ca Sa Nova«
Cabernet Sauvignon trocken

Thunfisch mit Gewürz-Sauerkirschen und Santo-Domingo-Schokoladensauce

Rezept von Jean-Marie Dumaine, Restaurant Vieux Sinzig

Die »Anonymen Schokoholiker« des Ahrtals lassen sich es im Sinziger Schloss so richtig gut gehen – denn Antoine Carême vom Restaurant »Frais Löhndorf« bekocht sie. Einer der Köstlichkeiten kann Julius selbst im Vorbeigehen nicht widerstehen – ob es Ihnen anders ergehen wird? Hier die entsprechende Szene:

»Julius! Was für eine Freude, dich zu sehen hier!« Antoine Carême, *auf dessen Kopf die Toque wie ein explodierter Schokokuss saß, schloss ihn in die Arme und gab ihm drei Küsse. Links, rechts, links. »Komm, ich zeige dir alles.« Er legte die Hand auf Julius' Rücken und führte ihn zu einer zierlichen asiatischen Köchin. »Yoko macht die Thunfisch mit das Gewürzkirschen an Santo-Domingo-Schokolade. Kleines Sushi!« Julius' Hand führte, ohne den Befehl dafür vom Gehirn erhalten zu haben, ein Amuse-Bouche in seinen Mund, der die Speichelproduktion von selbst bereits erhöht hatte.*

Da ich dieses Menü so liebe, gibt es in diesem Kochbuch gleich vier Gerichte davon. Die anderen finden sich auf den Seiten 110, 112 und 165.

Zutaten für 4 Personen:

Für die Gewürz-Sauerkirschen:
28 Sauerkirschen, gewaschen, Stiele auf 2 cm gekürzt, seitlich eingeschnitten und entsteint
30 ml Rotweinessig
50 g Muscovadozucker (brauner Rohrzucker aus Mauritius)
1 TL Pektin
1 Sternanis
1–2 TL Koriander

1–2 TL frisch geriebene Muskatnuss
1–2 TL Szechuanpfeffer
4 Pappelknospen

Für die Santo-Domingo-Schokoladensauce:
100 ml passierte Kirschmarinade
2 EL Olivenöl
40 g Santo-Domingo-Schokolade
Meersalz

Für den Thunfisch:
28 Thunfischwürfel à 40 g (ca. 3 x 3 cm dick) (Fisch aus dem
Atlantik – das Mittelmeer ist leer)
2 EL Olivenöl
Meersalz
Pfeffer aus der Mühle

Kakao-Gomasio:
40 g Kakaobohnen, gehackt und geröstet
20 g Muscovadozucker
1 TL Meersalz
Wiesensalbei zum Garnieren

Zubereitung:

Für die Gewürz-Sauerkirschen eine Lage Kirschen mit den Stielen nach oben in eine Backschale schichten. Essig, 100 ml Wasser, Zucker und Pektin in einem Topf aufkochen. Die Gewürze
dazugeben und in der heißen Marinade 10 Minuten ziehen lassen. Die Marinade noch heiß über die Sauerkirschen gießen, zu-
decken und abkühlen lassen.

Für die Santo-Domingo-Schokoladensauce die Marinade von
den Kirschen abgießen und auf 100 ml reduzieren. Mit Olivenöl,
Schokolade und Meersalz verrühren.

Den Thunfisch mit Öl bestreichen, mit Meersalz und Pfeffer
würzen. In einer heißen Pfanne von zwei Seiten kurz und scharf
anbraten. Die Mitte sollte englisch gegart sein.

Für den Kakao-Gomasio die gehackten Kakaobohnen mit dem Muscovadozucker und Meersalz verrühren.

Auf jeden Teller 7 Thunfischwürfel verteilen und mit Schokosauce überziehen. Auf jedes Stück 1 Kirsche mit dem Stiel nach oben stellen. Je 1 Linie Kakao-Gomasio auf die Teller streuen. Mit frischem Wiesensalbei garnieren.

Weinempfehlung

Weingut Deutzerhof
Frühburgunder »Alpha & Omega« trocken

In Vino Veritas, 2. Kapitel

Tannenhonigparfait mit marinierten Erdbeeren

Rezept von Lothar Freudenreich, Restaurant Freudenreich

Mit folgenden Zeilen beginnt das zweite Kapitel von »In Vino Veritas«, das den Namen »Ordensmeister blau« trägt:

Die Restaurantbrigade stand so aufgeregt im Speisesaal wie kleine Kinder vor dem Eingang zur Achterbahn. Die Augen weit aufgerissen, unruhig das Gewicht von einem Fuß auf den anderen verlagernd, beständig tuschelnd. Das Serviceteam wollte endlich an die Tröge: Probeessen stand auf dem Terminplan! Franz-Xaver schob einen Menüwagen herein, gefolgt von Julius, der sich anschickte, die sechsköpfige Crew noch etwas zu quälen. Denn schließlich ging es nicht darum, die Mägen der Anvertrauten mit Feinstem aus der Küche zu füllen, sondern sie für den Abend zu informieren, was auf den Tellern prangte. Und zwar so exakt, dass keine Frage eines Gastes unbeantwortet bleiben würde.

Vor allem ein Gericht findet dabei reißenden Absatz: das Tannenhonigparfait mit marinierten Erdbeeren. François, der Sommelier der »Alten Eiche«, empfiehlt im Buch dazu eine Weißburgunder Beerenauslese (die äußert selten zu bekommen ist).

Zutaten für 4 Personen:

Für das Parfait:
2 Eier
3 Eigelb
4 EL Zucker

150 g Tannenhonig
500 g Sahne

Für die Erdbeeren
250 g Erdbeeren
1 EL Zucker
4 cl Grand Marnier

Zubereitung:
Für das Parfait die Eier mit dem Eigelb im warmen Wasserbad unter ständigem Schlagen mit dem Schneebesen des Handrührgeräts aufschlagen und dabei den Zucker einrieseln lassen. Wenn die Schaummasse weißlich und cremig geworden ist, den erwärmten Honig unterziehen und dann in kaltem Wasser schlagen, bis der Schaum erkaltet ist. Die Sahne steif schlagen und gründlich unterheben.
Die Masse in eine Kastenform füllen, mit Alufolie abdecken und im Gefrierfach 3–4 Stunden erkalten und erstarren lassen.

Die Erdbeeren waschen, den Strunk entfernen und vierteln. In eine Schüssel geben und mit Zucker und etwas Grand Marnier abschmecken.
Die Erdbeeren auf einem Teller anrichten, das Parfait aus der Form stürzen, in Scheiben schneiden und auf die Erdbeeren legen.

Weinempfehlung
Weingut Nelles
Domina feinherb

Gebrannte Eiercreme mit Vanille

Rezept von Lothar Freudenreich, Restaurant Freudenreich

Dies ist das Dessert aus Julius Eichendorffs »Römischem Menü« – mehr zu diesem unter »Huhn à la Fronto« auf Seite 133. Die Eiercreme ist ein in der Zubereitung sehr einfaches Rezept, das an Crème brûlée (französisch für gebrannte Creme) und Crema Catalana erinnert. Das Rezept ist also in Abwandlungen auch heute noch in der französischen, portugiesischen und spanischen Küche weitverbreitet. Und wer hat's erfunden? Die Römer (und nicht die Schweizer)!

Zum Römischen Menü empfiehlt Julius Weine von einem ganz besonderen Gut:

»Die Weine kommen vom Gut ›Falesco‹ aus Latium. Der italienischen Weinregion, die Rom am nächsten liegt. Aber so gute Tropfen haben selbst römische Kaiser niemals im Glas gehabt. In diesem Sinne: Einen schönen Abend!« Es wurde geklatscht, es wurde gelächelt, und das Essen wurde pünktlich hereingetragen.

Aber auch an der Ahr gibt es Weine, die hervorragend passen - und römische Historie hat es ebenfalls genug.

Zutaten für 4 Personen:

4 Eigelb
50 g Zucker
Mark von 1 Vanilleschote
125 ml Milch
250 g Sahne
30 g brauner Zucker

Zubereitung:

Das Eigelb mit dem Zucker verquirlen, das Vanillemark mit der Milch und der Sahne aufkochen und dann mit dem Eigelb verrühren.
Diese Masse über einem heißen Wasserbad mit einem Schneebesen aufschlagen, bis die Masse bindet.
Die Creme auf vier Teller verteilen und im vorgeheizten Backofen bei 90 °C für ca. 40 Minuten stocken lassen.
Aus dem Backofen herausnehmen und abkühlen lassen.
Vor dem Servieren den braunen Zucker darüberstreuen und abflämmen, sodass sich eine schöne Karamellschicht bildet.

Weinempfehlung

Weingut Nelles
Blanc de Noir (Spätburgunder) feinherb

Heißer Spätburgunderkuchen an Zimteis

Rezept von Daniel Nietgen, Restaurant Hofgarten

Julius hat endlich ein Menü für den Papst kreiert, mit dem er zufrieden ist: Als Vorspeise eine weiße Bohnensuppe mit Tomaten, als Hauptspeise einen Alt-Eifeler Schmorbraten (siehe Seite 145) und zum Abschluss Heißer Ahr-Spätburgunderkuchen an Zimteis. Der päpstliche Vorkoster Pfarrer Cornelius ist gekommen, um es zu bewerten. Doch er ist leider gar nicht begeistert ...

»Dieses Menü ist doch nicht Ihr Ernst?! Ja, haben Sie denn gar nichts verstanden? Das ist doch wieder genau die raffinierte Küche, die wir nicht wollten. Schauen Sie doch, wie das schon aussieht! Wie Sterneküche. Wir wollten das Essen des einfachen Mannes, denn ein solcher ist der Papst, ein bescheidener Diener Gottes. Das hier ist Völlerei, Herr Eichendorff, nichts als Völlerei! Das war es!« Er *wechselte chamäleonschnell von Kreidebleich zu Puterrot. Julius konnte nicht anders, als davon begeistert zu sein. Trotz der vorhergehenden Tirade. Die er nicht wirklich glauben konnte.*

»Probieren Sie doch erst mal! Wir haben den Eigengeschmack der einfachen Zutaten in den Vordergrund gestellt, ganz schlicht, wie Sie es wollten. Wir können alles ja plumper anrichten, wenn Sie unbedingt möchten. Aber gutes Essen sieht häufig halt auch gut aus, was soll man machen?« Julius lächelte, denn das war doch wirklich das perfekte Papstmahl, oder? Eins für die Geschichtsbücher. Thema perfekt getroffen, Eichendorff, 1, setzen.

Ob er den Vorkoster umstimmen kann und der Papst dieses Menü später wirklich genießt, soll hier nicht verraten werden ...

Zutaten für 4 Personen:

Für den Kuchen:
4 Eier
250 g Zucker

250 g Butter, zerlassen
150 g Kuvertüre, geschmolzen
250 ml Spätburgunder
Mark 1 Vanilleschote
250 g Mehl
1 EL Kakao
1 TL Zimt
1 TL Backpulver
Butter und Zucker für die Form

Für das Eis:
200 ml Milch
330 g Sahne
250 g flüssiger Honig
6 Eier
1 EL Kakaopulver
2 EL Zimtpulver
abgeriebene Schale von einer unbehandelten Orange

Zubereitung:

Für den Kuchen die Eier mit dem Zucker schaumig rühren, nach und nach flüssige Butter und geschmolzene Kuvertüre einfließen lassen. Spätburgunder und Vanillemark dazugeben. Mehl, Kakaopulver und Zimt einsieben und alles mit dem Backpulver zusammen verrühren, in eine gebutterte und gezuckerte Springform (26 cm Durchmesser) geben und bei 160 °C ca. 50 Minuten backen.

Für das Eis alle Zutaten in einen Standmixer geben und gut vermischen. In die Eismaschine geben und gefrieren lassen.
Den Kuchen in Stücke schneiden und mit dem Eis servieren.

Weinempfehlung

Weingut Meyer-Näkel
Spätburgunder trocken

Vinum Mysterium, 6. Kapitel

Ahr-Spätburgunder-Suppe

Rezept von Martin A. Reuter, Restaurant Hohenzollern

Kusine Annemarie – eine Frau ohne Ausknopf – steht vor Julius'
Haustür. Und sie hat Julius etwas mitgebracht – ein Rezept:
*»So, jetzt aber, warum ich zu dir gekommen bin. Rotweinsuppe.
Die braucht der Papst. Annemaries Ahrrotweinsuppe. Dein Österreicher hat mich höchstpersönlich angerufen und nach Rezepten
gefragt und gesagt, ich solle persönlich bei dir vorbeikommen, um
sie dir alle zu erzählen. Er war ja so nett, also da hast du dir wirklich einen hervorragenden Oberkellner ausgesucht. Auch wenn
dieser gezwirbelte Bart was affig ist. Na ja, geht mich ja nix an. Ich
bin jetzt hier, um dir von der tollen Suppe zu erzählen, die hast du
früher immer so gern bei meiner Mutter gegessen, Gott hab sie se-
lig.«* Annemarie bekreuzigte sich. *»Du konntest damals gar nicht
mehr aufhören, sie zu essen. Ich hab mir das Rezept extra aufgeschrieben, warte … wo hatte ich denn den Zettel … in der Jacke …
ne … in der Handtasche … ne … ach ja, hab ich mir ja gar nicht
aufgeschrieben. Weiß ich ja auch so. Gönn dem Papst ruhig was
Gutes! Wär auch mal was für dein Restaurant, Julius. Die Leute
wollen nicht immer nur Schnickschnack, die wollen was Handfes-
tes!«*

Annemarie schildert im Roman ihr Rezept, inklusive einer heute
eher unüblichen Zutat, nämlich Sago. Hier ein verbessertes Rot-
weinsuppenrezept, sozusagen Rotweinsuppe 2.0.

Zutaten für 4 Personen:

2 Eiweiß
80 g Zucker
25 g Speisestärke
750 ml Ahr-Spätburgunder, halbtrocken
1 Gewürznelke

2 Stangen Zimt
abgeriebene Schale von 1 unbehandelten Orange
2 Sternanis

Zubereitung:

Das Eiweiß mit 2 EL Zucker zu Eischnee schlagen. Die Stärke
mit 2 EL Rotwein anrühren.
Den Rotwein mit den restlichen Zutaten erwärmen. Die ange-
rührte Stärke einrühren, dabei einmal kurz aufkochen.
Die Suppe durch ein Sieb passieren und in vier Teller füllen.
Vom Eischnee in jeden Teller 2 Nocken abstechen.

Diese Suppe schmeckt auch kalt sehr lecker!

Weinempfehlung

Winzergenossenschaft Mayschoß-Altenahr
Spätburgunder »Klassiker« halbtrocken

Feenkönigin

Rezept von Martin A. Reuter, Restaurant Hohenzollern

Julius sucht deutsche Klassiker, aus denen er ein Menü für den Papst zusammenstellen kann. Er hat extra seine Mitarbeiter ausschwärmen lassen, um passende zu finden:

»Alles antreten zum Rapport!«, bellte er, und Julius' Mitarbeiter nahmen in einer geraden Linie Haltung an. Dann wurde salutiert. Es sah nicht nur ein wenig einstudiert aus.
»Präsentiert das Rezept!«
Alle zogen einen Zettel aus ihrer Tasche und falteten ihn zackig auseinander.
»Wen wollens zuerst inspizieren, Feldmarschall?«, fragte FX.
Julius blickte mit einem Lächeln auf. Was sollte er sonst tun?
»Ich fange rechts an.«
»Na, rechts net. Da steht unsere Geheimwaffe, die sparen wir uns fürs Finale auf.«
»Dann natürlich links.«
»So ist's recht! Moooment, da steh ich.«
»Von dir will ich gar nichts hören, der Nächste bitte.«
»Wieso des net?«
»Du hast deinen Teil mit der ... Aktivierung meiner Kusine Annemarie schon übererfüllt.«
»Da bin ich schon ein bisschen stolz drauf. Ich habe selbst vor deiner verehrten Familie net zurückgeschreckt, die Sache ist zu wichtig! Ich hab aber auch noch andere Leut gefragt. Feenkönigin.«
»Was? Hast du zu mir Feenkönigin gesagt?«
»Ja.«
»Darf ich erfahren, seit wann du mich so nennst und warum, mein früherer Freund?«
»Du musst zuhören, Maestro! Ich sag es zu dir, ich nenn dich net so. Feenkönigin ist ein Rezept mit Sauerkirschen, Wein ...«
»... und Sahne. Kenn ich. Ist nicht raffiniert genug. Zur Strafe gibt es Einzelhaft. Nächster.«

Für den Papst mag es nicht raffiniert genug sein – für Julius sehr wohl. Ein Klassiker mit schönem Namen, den er sich auch privat gern gönnt.

Zutaten für 4 Personen:

Für das Kompott:
400–500 g entkernte Sauerkirschen
750 ml trockener Rotwein
200 g Zucker
25 ml Grenadinenlikör
Saft von ½ Zitrone
Saft von ½ Orange
10 ml Kirschwasser
¼ Zimtstange
¼ Vanilleschote
10 g Speisestärke
3–4 EL lieblicher Rotwein

Für die Sahne:
8 Blatt Gelatine
¾ Vanilleschote
200 g Zucker
1 kg Sahne

Außerdem:
Bitterschokolade, grob geraspelt, zum Garnieren
1 Kirsche mit Stiel zum Garnieren

Zubereitung:

Die entsteinten Kirschen über Nacht in 650 ml Rotwein ziehen lassen.
100 ml Rotwein und die restlichen Zutaten in einem Topf aufkochen und auf die Hälfte reduzieren lassen. Speisestärke mit dem lieblichen Rotwein anrühren und die Sauce sämig abbinden.
Die noch heiße Sauce über die abgetropften Kirschen gießen und zugedeckt abkühlen lassen.

Für die Sahne die Gelatine in etwas kaltem Wasser einweichen. Die Vanilleschote auskratzen und das Mark mit Zucker und Sahne steif schlagen. Die eingeweichte Gelatine unterziehen. Kirschkompott und Sahne abwechselnd in eine Schüssel schichten. Mit grob geraspelter Bitterschokolade und der Kirsche mit Stiel garnieren.

Weinempfehlung

Weingut Peter Kriechel
Walporzheimer Pfaffenberg Riesling Eiswein

Baumkuchen mit Holunder-Apfel-Heidelbeer-Kompott

Rezept von Martin A. Reuter, Restaurant Hohenzollern

Baumkuchenspitzen sind der Höhepunkt des »Menüs der Erinnerung«. Es besteht aus deutschen Klassikern, die dem Papst bei seinem Besuch in Deutschland serviert werden sollen.
»Der Nachtisch war eine sichere Nummer: Baumkuchenspitzen mit Kompott-Variationen. Herrlich!«
Zwei weitere Gänge des Menüs finden sich auf den Seiten 139 und 149.

Zutaten für 6 Personen:

Für den Baumkuchen:
200 g weiche Butter
1 Prise Salz
8 Eigelb
3 EL Milch
125 g Speisestärke
Mark von ½ Vanilleschote
50 g feiner Mandelgrieß
1 Msp. Zimt
1 cl Rum
10 Eiweiß
200 g Zucker
dunkle Schokolade (nach Belieben)

Für das Holunder-Apfel-Heidelbeer-Kompott:
140 g Zucker
50 g Holunderbeerensaft
Saft und Schale von 1 unbehandelten Orange
Saft und Schale von 1 unbehandelten Zitrone

2 Gewürznelken
1 Zimtstange
1 Vanilleschote
100 ml Pflaumen- oder Cassissaft
2 TL Speisestärke
150 g Holunderbeeren
150 g Heidelbeeren
8 Apfelspalten

Zubereitung:

Den Ofen auf 220 °C Ober- und Unterhitze vorheizen.
Die Butter mit dem Handrührgerät schaumig schlagen und dabei salzen. Nach und nach das Eigelb, die Milch und die Speisestärke zugeben und mit den restlichen Zutaten (bis auf Eiweiß und Zucker) zu einer homogenen Masse schlagen. Eiweiß und Zucker zu Eischnee schlagen und unter die Masse heben.
Mit einer Schöpfkelle etwas Masse auf ein mit Backpapier belegtes Blech geben und mit einer Winkelpalette knapp 4 mm dick verstreichen. Die erste Schicht nun 3–4 Minuten zart braun backen.
Auf diesen Boden nun die zweite Teigschicht verstreichen, wieder backen und so fortfahren, bis die Teigmasse verbraucht ist.
Den Kuchen auskühlen lasen und in handliche Dreiecke ausschneiden. Nach Belieben mit dunkler Schokolade überziehen.
Für das Kompott den Zucker goldbraun karamellisieren und mit dem Holunderbeerensaft langsam ablöschen.
Orangensaft und -schale, Zitronensaft und -schale, die Gewürze und Pflaumen- oder Cassissaft dazugeben und 45 Minuten köcheln lassen.
Alles durch ein Sieb passieren, den Saft nochmals aufkochen und mit in Wasser angerührter Speisestärke leicht anbinden. Über die Beeren und Apfelspalten gießen, abkühlen lassen und zusammen mit den Baumkuchenspitzen servieren.

Weinempfehlung

Weingut Adeneuer
Blanc de Noir Sekt brut

Böhmische Liwanzen

Rezept von Klaus-Dieter Schultz, Restauration Idille

FX, François und das Team des Restaurants schmeißen einen Überraschungs-Junggesellenabschied für Julius in der Küche der »Alten Eiche«. FX kündigt den Höhepunkt so an:

»Wir präsentieren anlässlich deines Junggesellenabschieds ein exklusives und absolut einmaliges Event: Statt eines langweiligen Tanzes der sieben Schleier – den feurigen Strip der neun Pfannen! Dargeboten von den unglaublichen Eichengirls. Niemand ist heißer als sie!«

Ein kulinarischer Strip von Julius' Küchen-Damen folgt. Doch danach kommt die wirklich wertvolle Überraschung:

»Was die Mädels da vorgetanzt haben, war natürlich nur der unwichtige Teil des Abends«, rief FX und erntete dafür einen üblen Kneifer in die Magengrube von der mittlerweile umgezogenen Bettina Engelkes. »Des richtige Geschenk kommt erst noch. Ein jeder von uns überreicht dir jetzt sein geheimstes Lieblingsrezept – und du darfst damit machen, was du willst. Ab jetzt sind's deine!«

FX überreichte ihm das Liwanzenrezept seiner Mutter, von Georgy Tremitz folgte ein Kokosnusschaum-Soufflé mit Gianduja-Kern, und sogar die Kellnerinnen und Kellner überreichten ihm kulinarische Schätze.

FX' original Liwanzenrezept, hier ist es – interpretiert von Klaus-Dieter Schultz.

Zutaten für 15–20 Liwanzen:

400 g Mehl
20 g Hefe
250 ml lauwarme Milch
30 g Butter

30 g Zucker
¼ TL Salz
abgeriebene Schale von 1 unbehandelten Zitrone
2 Eier

Außerdem:
Butter oder Walnussöl zum Abbacken
Zimtzucker zum Bestreuen

Zubereitung:
Aus allen Zutaten einen dickflüssigen Hefeteig herstellen. Wichtig dabei: zweimal abgedeckt ca. 20 Minuten ruhen lassen! In einer speziellen Liwanzen- oder in einer kleinen Crêpepfanne in reichlich Butter oder Walnussöl abbacken. Mit Zimtzucker bestreut servieren.

Weinempfehlung

Winzergenossenschaft Mayschoß-Altenahr
Riesling »Brokat« lieblich

Schokoladen-Kirsch-Parfait mit Mandellikörsabayon und gebackenen Süßkirschen

Rezept von Klaus-Dieter Schultz, Restauration Idille

Die Geschichte dieses Gerichts ist ein wenig unappetitlich, der Vollständigkeit halber darf sie jedoch nicht verschwiegen werden. Um ein Uhr in der Nacht klingelt Kommissarin Anna von Reuschenberg bei Julius Sturm, Julius öffnet die Tür im rot-weiß gestreiften Pyjama. Die Kommissarin stürmt direkt in die Küche und betrinkt sich.

Anna lallte keineswegs, so weit war der Alkohol noch nicht in ihre Blutbahn vorgedrungen. Aber eine leichte Sprachverzögerung, eine Dehnung der Vokale, hatte er bereits verursacht. »Kennst du hier im Tal jemanden, der ein Dessert mit Orangen-Krokantblättern, Schokoladen-Kirsch-Parfait und gebackenen Süßkirschen macht?«

»Nur mich, das weißt du doch. Ich hab den Nachtisch extra für dich kreiert.«

»Und außer dir, ich meine, in ganz Deutschland, gibt es da noch einen, der ihn zubereitet?«

»Nicht, dass ich wüsste. Es ist meine eigene Kreation, und sie steht noch nicht lange auf der Karte.«

Anna entriss Julius die Weinflasche, goss sich bis zum letzten Tropfen ein, trank das Glas in einem Schluck leer und stand auf. Allerdings konnte sie ihre Beine nicht mehr so positionieren, dass sie ohne Schwankungen der Schwerkraft getrotzt hätte. Sie hob den Zeigefinger. »Du hast sicher von Jeanette Masuth gehört, der Weinkönigin, die kurz vor Pfingsten – als du auf den Pfaden deines Vorfahren wandeltest – enthauptet auf den Bahngleisen gefunden wurde.« Sie vollführte mit der Hand eine Geste, die klarmachte, dass der Kopf ab war.

»Natürlich, darüber haben wir doch schon miteinander gesprochen.«

»Schön …« Der Alkohol schien nun das vegetative Nervensystem erreicht zu haben. Sie blickte ausdruckslos auf das leere Glas in ihrer Hand.

»Hallo?«, fragte Julius. »Ist noch jemand zu Hause?«

Sie sah ihn an. »Julius, verrat mir bitte eins.«

»Gerne.«

Sie lehnte sich auf seine Schultern und blickte ihm tief in die Augen. »Wie kommt dein Dessert mit Orangen-Krokantblättern, Schokoladen-Kirsch-Parfait und gebackenen Süßkirschen in ihren Magen?«

Klaus-Dieter Schultz setzte statt den Orangen-Krokant-Blättern auf köstliche Mandelsabayon – und recht hat er damit! In diesem Sinne: guten Appetit!

Zutaten für 8 Personen

Für das Schokoladen-Kirsch-Parfait:
3 Eigelb
60 g Zucker
3 Blatt Gelatine
4 cl Kirschwasser
300 g Sahne
30 g Schokoraspel

Für das Sabayon:
3 Eigelb
70 g Zucker
6 cl halbtrockener Weißwein
4 cl Amaretto

Für die gebackenen Süßkirschen:
3–4 Süßkirschen pro Portion, entsteint, aber mit Stiel
Ausbackteig (2 EL Mehl, 1 Ei, 5 cl Milch, 1 TL Zucker glattrühren und ruhen lassen)
500 g Frittierfett
Puderzucker zum Bestreuen

Zubereitung:

Für das Schokoladen-Kirsch-Parfait Eigelb und Zucker kalt aufschlagen und danach im Wasserbad nochmals aufschlagen, bis eine leichte Bindung entsteht. Gelatine und Kirschwasser zufügen, Sahne und Schokoraspel unterheben. Die Masse in Soufflé-Förmchen geben und ca. 6 Stunden im Tiefkühlschrank anfrieren.

Für die gebackenen Süßkirschen die Kirschen in Ausbackteig tunken, kurz frittieren, danach auf Küchenpapier abtropfen lassen und mit Puderzucker bestreuen.

Für das Sabayon Eigelb, Zucker und Weißwein im Wasserbad schaumig aufschlagen, etwas später Amaretto langsam hinzufügen. Noch warm auf den Tellern flächenmäßig auftragen, das Parfait darin einsinken lassen und die gebackenen Kirschen verteilen.

Weinempfehlung

Weingut Körtgen
Sekt Burgundercuvée brut (Chardonnay und Weißburgunder)

Eifel-Destillerie P. J. Schütz
Kirschlikör

Marillenknödel an Aprikosensorbet und Aprikoseneis

Rezept von Roger Müller, Restaurant Prümer Gang

Julius hat sich bei der Gartenarbeit sein Lieblingsbein verletzt und vom Arzt einen unpraktischen Gipsverband verpasst bekommen.

»Je schneller der wieder abkam, umso besser. Und wenn er sich dafür schonen musste, dann würde er sich schonen, wie sich noch nie ein Mensch zuvor geschont hatte. Er würde sich schonen, bis der Rücken wund wurde vom Liegen. Keinen Zentimeter würde er sich mehr bewegen. Und nur noch Multivitaminsaft trinken. Selbst entsaftet natürlich. Sein Hausarzt würde Augen machen. Das Wunder von Heppingen, das würde er werden.«

Leider wird es nichts mit dem Wunder und Julius kann für einige Zeit nicht in seiner geliebten »Alten Eiche« kochen – Kontrollgänge sind seiner Meinung nach deswegen allerdings vonnöten.

»Was ist das da?« Julius ging zur Station von Rosi Trenkes, wo ein ihm unbekanntes Gericht stand. »Grüner Spargel mit Kürbiskernöl? Und was ist das? Marillenknödel an Aprikosensorbet und ...?«

Anspannung wogte um die plötzlich mucksmäuschenstill arbeitende Küchenbrigade der »Alten Eiche«. Sie schien in Töpfe und Pfannen zu dringen und wie Wasser am Edelstahl der mächtigen Dunstabzugshauben zu kondensieren, die plötzlich bedrohlich über den Köpfen hingen.

»Aprikoseneis«, ergänzte FX. »Eine Trilogie. Weißt, Maestro, die Köche haben halt Zeit und experimentieren rum, was sie dir vorschlagen könnten. Ich forciere diese Ansätze nicht, aber irgendwas müssen's mit ihrer Zeit ja anfangen.«

FX log, Julius sah es am Bart, aber er hatte jetzt keine Zeit her-
auszufinden, welcher Teil eine Lüge war.

Da FX aus Österreich stammt und Marille quasi die österreichische Nationalfrucht ist, kann Julius sich denken, wer Rosi Trenkes zu diesem Gang inspiriert hat ...

Zutaten für 4 Personen:
Für das Aprikoseneis:
3 Eigelb
80 g Zucker
1 EL Joghurt
200 g Aprikosenpüree
4 cl Aprikosenlikör
200 g Sahne
Für das Aprikosensorbet:
400 g Aprikosenpüree
200 g Läuterzucker
100 ml Weißwein
4 cl Aprikosenlikör
Saft und abgeriebene Schale von 1 unbehandelten Limette

Für die Marillenknödel:
8 Aprikosen
8 Würfelzucker
250 g mehlig kochende Kartoffeln, gekocht, ausgedampft,
durchpassiert
75 g Mehl
30 g Puderzucker
20 g Speisestärke
1 Prise Salz
1 Eigelb

Für die Biskuitbrösel:
50 g Butter
50 g Biskuitbrösel

Zubereitung:

Für das Aprikoseneis Eigelb und Zucker über einem Wasserbad aufschlagen. Dann die restlichen Zutaten unterrühren und in der Eismaschine frieren.

Für das Aprikosensorbet alle Zutaten gut verrühren und in der Eismaschine frieren.

Für die Marillenknödel die Aprikosen mit dem Würfelzucker füllen und aus den Kartoffeln und den restlichen Zutaten einen Kartoffelteig herstellen. Die Aprikosen damit umhüllen. In kochendem Salzwasser garen.

Anschließend in flüssiger Butter und den Biskuitbröseln wenden und mit den beiden Eissorten anrichten.

Dazu passen sehr gut Himbeersauce und Bitterschokolade.

Weinempfehlung

Winzergenossenschaft Mayschoß-Altenahr
Riesling »S« halbtrocken

Honig-Senf-Parfait

Rezept von Heinrich Leipold, Restaurant Schnabuleum

Julius ist wichtig, dass er seine Zutaten von den besten Bauern-
höfen, Fischereien und anderen Produzenten erhält, die es gibt.
Deshalb bezieht er seinen Senf auch von der Monschauer Senfmühle. In dem dortigen Restaurant isst er auch oft – unter anderem das »Monschauer Honig-Senf-Parfait mit Pflaumenkompott«.

*Julius hatte stets, wenn er hier aß, Freude daran, benachbarte Ti-
sche beim Erstkontakt mit diesem Dessert zu beobachten. Auch
jetzt war wieder einer dabei, und das Murmeln war beträchtlich.
Man bekam so selten Furcht in den Gesichtern von Restaurantgäs-
ten zu sehen. Und fast ebenso selten dermaßen große Erleichte-
rung.*

Hier das Rezept aus dem Originalrestaurant vom Originalkoch –
allerdings heißt das »Schnabuleum« in meinem Roman »Schlem-
morium«.

Zutaten für 4 Personen:

6 Eigelb
100 g Honig
250 ml Milch
150 g Monschauer Honig-Mohn-Senf
350 g Sahne

Zubereitung:

Das Eigelb mit dem Honig schaumig rühren. Die Milch erhitzen
und langsam in die Ei-Honig-Masse einrühren. Das Ganze über
dem Wasserbad heiß aufschlagen bis zur Rose – dies bedeutet,
die Masse bis kurz vor dem Siedepunkt zu erhitzen, sodass sie

auf dem Kochlöffel leicht angedickt liegen bleibt oder sich beim Daraufblasen Kringel zeigen, die an eine Rose erinnern. Nun den Monschauer Honig-Mohn-Senf unterheben und über einem kalten Wasserbad einrühren. Die Sahne steif schlagen und unter die kalte Masse heben, in eine nicht gefrierfeste Form abfüllen und einfrieren.

Dies ist ein Rezept mit sehr mildem Senfgeschmack. Mögen Sie es kräftiger, können Sie die Senfmenge beliebig bis auf 250 g erhöhen.

Dazu empfehlen wir heißes Pflaumenkompott, Rumtopf oder heiße Brombeeren.

Getränkeempfehlung:

Monschauer Senfmühle
Senf-Kaffee-Sahnelikör »Moutardino«

Rote-Grütze-Trüffel und Gianduja-Trüffel

Rezept von Matthias Ludwigs, Törtchen Törtchen

Schon im zweiten Absatz des Romans »Nomen Est Omen« tauchen Julius' Notfallpralinen auf – und wurden danach zu einer festen Einrichtung in den Krimis. Julius gibt gerade eine Aussage bei Anna von Reuschenberg zu Protokoll – denn er hat kurz zuvor das Mordopfer Klaus Grad gefunden. In einem Raum des ehemaligen Regierungsbunkers, der mysteriöserweise von innen verschlossen war. Er ist mit den Nerven am Ende.

Julius kam die rettende Idee. Er hatte doch ... irgendwo mussten ... sie waren doch immer ... ja! In seiner ledernen Fototasche fand er zwei in Alufolie eingepackte Kugeln. Die Notfallpralinen! Wenn nichts mehr ging, half Schokolade! Je süßer, desto schneller wirkte sie, je cremiger, desto erquickender. Er rollte die dunkle Trüffel mit klammen Fingern aus und steckte sie sich hastig in den Mund. Es dauerte etwas, bis die Praline die richtige Temperatur hatte und zu schmelzen begann. Sie kleidete angenehm nussig den Mund aus, bis Julius die Gianduja-Füllung erreichte und zubiss. Wohligkeit breitete sich in seinem unterkühlten Körper aus, trieb den Schock und die Anspannung aus den kalten Gliedern.

Da Julius immer eine Auswahl Notfallpralinen mit sich führt, soll es hier auch nicht bei einem Rezept bleiben. Das zweite stammt aus »Vino Diavolo«. Julius ist zur Recherche in der Klause der Niederhut-Junggesellenvereinigung. Es ist ein Kellerraum, dessen niedrige Fensteröffnungen wie Schießscharten wirken. Es gibt Bier – und Julius trinkt es, um die Atmosphäre zu lockern.

Julius nahm eines. Es war eiskalt. Das war das Beste, was sich über dieses Gesöff sagen ließ. Ein Pils. Wenn er fremdtrank, dann eigentlich Kölsch. Er fischte eine Notfallpraline aus der neu befüllten Jacke und steckte sie unauffällig in den Mund. Die Rote-Grütze-Trüffel erfüllte ihre Aufgabe vortrefflich und vertrieb den bitteren Geschmack.

Hier kommt also für jeden, der mal gezwungen sein sollte, Pils zu trinken, die Rettung in Rezeptform.

Zutaten für jeweils ca. 50 Trüffel:

Für 50 Rote-Grütze-Trüffel:
100 g Kuvertüre, 60 % Kakao
85 g Rote-Grütze-Früchte, püriert, wahlweise passiert
oder mit Kernen
100 g Sahne
40 g Akazienhonig
20 g Traubenzucker
25 g Butter
0,5 cl Himbeergeist
0,5 cl Kirschwasser
0,5 cl Cassislikör
75 g Beerenkonfitüre nach Wahl

Für 50 Gianduja-Trüffel:
150 g dunkler Nugat Extra (50 % Haselnuss)
15 g Butter
100 g Sahne
10 g Haselnusslikör

Außerdem:
100 Hohlkugeln
1 Pck. dunkle Kuvertüre
Fruchtpulver oder Kakao (nach Belieben, man braucht in der Regel 100 g, von denen dann aber 90 g übrig bleiben)

Zubereitung Ganache für die Rote-Grütze-Trüffel:

Für die Ganache die Kuvertüre fein hacken und in eine Schüssel geben. Das Fruchtpüree aufkochen, Sahne, Honig sowie Traubenzucker zugeben und nochmals aufkochen. Auf die Kuvertüre gießen, 2 Minuten stehen lassen und gut emulgieren, die Butter zugeben, ebenfalls gut untermischen und die Alkoholika einrühren. Auf 28 °C abkühlen lassen.

Zubereitung Ganache für die Gianduja-Trüffel:

Den Nugat in Würfel schneiden und in eine möglichst kleine Schüssel geben, in die der Pürierstab passt. Butter mit Sahne aufkochen und auf den Nugat gießen, 2 Minuten stehen lassen und zwei Drittel der Sahne wieder abgießen, aber auffangen. Mit einem Pürierstab möglichst so mixen, dass wenig Luft untergearbeitet wird. Wenn die Masse glatt ist, die restliche Sahne nach und nach unterarbeiten, dabei wird sich die Masse zwischendurch trennen, was durch weiteres Mixen bzw. Sahnezugabe rückgängig gemacht wird. Am Ende den Haselnusslikör zugeben und auf 28 °C abkühlen lassen.

Fertigstellung:

Für die Gianduja-Trüffel die Gianduja-Ganache in die Hohlkugeln spritzen, für die Rote-Grütze-Trüffel die Beerenkonfitüre in die Hohlkugeln spritzen und mit der abgekühlten Rote-Grütze-Ganache bis knapp unter den Rand auffüllen. Am besten über Nacht bei Raumtemperatur verhauten lassen. Etwas dunkle Kuvertüre so schmelzen, dass noch ein paar Klümpchen vorhanden sind. Gut durchrühren, durch ein Sieb geben und in einen Spritzbeutel füllen. Dann wird durch Herausdrücken der flüssigen Kuvertüre aus dem Beutel das noch bestehende Loch der Hohlkugel gefüllt und somit geschlossen. Sobald der »Verschluss« fest geworden ist, eine kleine Menge flüssige Kuvertüre zwischen den Händen verreiben und immer 4 Trüffel in den Händen rollen, sodass sie dünn mit Kuvertüre überzogen sind. Nach Belieben durch Fruchtpulver (das ist gefriergetrockneter Saft oder Fruchtpüree, welches dann zu Pulver gemahlen wird) oder Kakao rollen. 10 Minuten kalt stellen, dann mit einem Sieb das überschüssige Frucht- oder Kakaopulver entfernen.

Diese Trüffel sollten innerhalb einer Woche verzehrt werden.

Anhang

Alle Rezepte dieses Bandes stammen von bemerkenswerten Restaurants. Das »Brogsitter Sanct Peter« ist die gute Stube des Ahrtals – und hat Historie satt. Schon um das Jahr 600 wird das Gasthaus erstmals als »fränkischer königseigener Meierhof« erwähnt und zählt damit zu Deutschlands ältesten Häusern.

Der »Hofgarten«, die Gutsschenke des Spitzenweingutes Meyer-Näkel, liegt direkt gegenüber der Dernauer Kirche und hat sich von einer gutbürgerlichen Gastwirtschaft in ein bistroähnliches Restaurant verwandelt.

Müsste man für die Aussicht löhnen, bräuchten Sie gar nicht erst zum »Hohenzollern« zu fahren, denn die ist dort unbezahlbar. Über der Römervilla, am Silberberg thronend, wird hier mit Blick über Ahrweiler gespeist. Durch diese unglaubliche Lage ist das »Hohenzollern« das wahrscheinlich berühmteste Gasthaus des Tals.

Das Hotel und Restaurant »Prümer Gang«, zentral in der Innenstadt Ahrweilers gelegen, wird vom sympathischen Geschwisterpaar Anja Heuser und Roger Müller geleitet.

Über die Nummer eins an der Ahr sind sich alle einig, so deutlich thront Hans Stefan Steinheuers Restaurant »Zur Alten Post« kulinarisch über allen anderen. Sein Haus zählt seit Jahren konstant zu den besten Deutschlands und ist unter anderem mit zwei Sternen von Michelin dekoriert.

Außerhalb des Ahrtals liegt das »Schnabuleum«, im Restaurant der Monschauer Senfmühle wird kreativ mit Senf gekocht – von der Suppe bis zum Dessert. Auch »Törtchen, Törtchen« findet sich nicht im Ahrtal, sondern in Köln. Bei Chef-Patissier Matthias Ludwigs habe ich selbst ein Pralinenseminar belegt – weshalb er auch die erste Wahl für die Notfallpralinenrezepte war.

Die Restaurants »Idille«, »Freudenreich« (ehemals im Weingut Nelles) und »Lanz am Kautenturm« (im Bruchsteingebäude des Ahrweiler Winzervereins untergebracht) haben leider für immer die Türen geschlossen – ihre Rezepte bleiben. Auch das »Vieux Sinzig« gibt es in seiner ursprünglichen Form als Restaurant nicht mehr – doch es existiert weiter. Suppen, Gelees, Konfitüren – über die Jahre ist es ein Feinkostsupermarkt (im eigentlichen Sinne des Wortes) geworden. Ein besonderes Vergnügen sind die Kräuter- und Sommerblütenseminare mit Wanderung im Ahrtal, bei denen Jean-Marie Dumaine beweist, dass an ihm ein Entertainer verloren gegangen ist. Er stand Pate für die Figur des Antoine Carême in meinen Ahrtal-Krimis. Der Name ist als Hommage an Jean-Marie gedacht, der mit den Jahren zu einem guten Freund geworden ist.

Der reale Antoine Carême war einer der bedeutendsten französischen Köche des 19. Jahrhunderts.

INDEX QUELLEN

Gerichte aus »In Vino Veritas«

Gerichte aus »Nomen Est Omen«

Gerichte aus »Vino Diavolo«

INDEX REZEPTE A–Z

REZEPTE NACH GÄNGEN

Vorspeisen

Hauptgerichte

Nachspeisen

Die Fälle von Deutschlands erfolgreichstem Krimikoch im Überblick:

Alle Titel sind auch als eBook erhältlich.

In Vino Veritas
Der erste Fall für Julius Eichendorff
ISBN 978-3-7408-0702-3
Auch als Hörbuch erhältlich,
gelesen von Jürgen von der Lippe
ISBN 973-3-89705-425-7

Nomen Est Omen
Der zweite Fall für Julius Eichendorff
ISBN 978-3-7408-0703-0
Auch als Hörbuch erhältlich,
gelesen von Jürgen von der Lippe
ISBN 973-3-89705-690-9

In Dubio Pro Vino
Der dritte Fall für Julius Eichendorff
ISBN 978-3-7408-0704-7
Auch als Hörbuch erhältlich,
gelesen von Jürgen von der Lippe
ISBN 973-3-89705-547-6

Vinum Mysterium
Der vierte Fall für Julius Eichendorff
ISBN 978-3-7408-0705-4
Auch als Hörbuch erhältlich,
gelesen von Jürgen von der Lippe
ISBN 973-3-89705-458-5

www.emons-verlag.de

Vino Diavolo
Der fünfte Fall für Julius Eichendorff
ISBN 978-3-7408-0706-1
Auch als Hörbuch erhältlich,
gelesen von Jürgen von der Lippe
ISBN 973-3-89705-616-9

Carpe Vinum
Der sechste Fall für Julius Eichendorff
ISBN 978-3-7408-0707-8
Auch als Hörbuch erhältlich,
gelesen von Jürgen von der Lippe
ISBN 973-3-89705-986-3

Ave Vinum
Der siebte Fall für Julius Eichendorff
ISBN 978-3-7408-0708-5
Auch als Hörbuch erhältlich,
gelesen von Jürgen von der Lippe
ISBN 978-3-95451-468-7

Vino Furioso
Der achte Fall für Julius Eichendorff
ISBN 978-3-7408-0634-7